從情書開始

by 袁晞

Sealed With A Kiss

可薇來我家的那天，我印象很深。

原本就比我瘦高的可薇，在那件綴著黑色蝴蝶結的深藍色洋裝包裹下，看起來更瘦弱，更憔悴了。

我一向羨慕可薇有許多漂亮衣服可穿，但從那天開始，我再也不記得她以前那些粉紅色有著漂亮蕾絲和荷葉邊的連衣裙，而是牢牢記住那件綴著黑色蝴蝶結的深沉藍色洋裝。那件怎麼想都覺得不適合十歲女孩的灰暗洋裝，成為了我記憶中可薇最鮮明的形象。

01

高瘦黝黑，有著大眼睛、帥氣髮型的陽光運動型男孩把信交給我之後，表示謝意地鞠了個躬掉頭跑向操場。

我低頭看了眼白色信封，在心裡默默算著這是本學期第九個。

第九封告白的情書，第九個男孩，大概也會是第九個被拒絕的傷心人。

我漫不經心地踱步上樓梯，沒打算乖乖回去午休，想去頂樓吹吹風，還暗自壞心地盤算著要不要在頂樓讓這封信隨風而逝。

——噢真的很對不起，那封信就這樣飛走了——

之類的。

「老師，請你看一下這個。」

一走上頂樓就聽到柔弱而充滿焦慮緊張的聲音。

正想著有人佔據了頂樓，但又有些好奇此刻正在上演什麼劇碼。

男人的背影很好認，是這學期才出現的代課老師，雖然不是我們班的，但因為「種種緣故」，讓他聲名大噪，全校沒人不知道他。

所謂的「種種緣故」說穿了也就是因為過於年輕俊俏，而讓許多女同學心神不寧，少女情懷大爆發，之類的。

曾經在走廊上擦肩而過幾次，「傳說中」的何慕桓老師確實有著令人難忘的好看臉孔，不能單純以花美男或粗獷風來區分，而是另一種帶著幾分冷峻和高貴感的精緻臉龐。不管是深邃又帶著幾許飄忽的眼神也好，勻稱高挑的身材也好，算得上有品味的儀容也好，在在都顯示讓這人來到有女學生的高校任教完全就是種錯誤。

沒事把綿羊放在數百隻老虎面前，能有什麼好事？

「我不會看。」男人說。

「啊？」女孩的聲音快哭出來了。

「妳知道我一個星期會收到多少封情書嗎？」相當狠。

女孩馬上哭出來。

想也知道接下來她會衝離頂樓，我連忙反身躲在類似水塔的建物後面，怕她衝下樓梯時看到我。

果然女孩上演了一場淚奔戲。

我捏捏手中的情書，想起了剛剛跑向操場的男孩，有種全校的人該不會都處於發情期的可怕疑問。

「偷看夠了沒？」傳說中的何慕桓冷不防走向我，打量著，然後目光停在我手上的白色信封，「拿走吧，我不會看。」

「你以為……」這是要給你的情書？！你這人有病吧？

「妳知道我——」

「一星期收到多少封情書嗎？」我火大地幫他唸完台詞，揚起手中的信，「這，不是要給你的！」

何慕桓勾起一抹毫不相信的笑，是很好看，但不代表他可以如此自戀，「妳是惱羞成怒了吧？不敢承認？算了，總之，我不會看。」

「又不是寫給你的，你看什麼看啊？」就算對方是老師我也無法忍受，「你也太——啊！」

一陣風起，沒想到那封情書就這樣離我而去！

不行！我往前縱跳伸手抓住被風捲高的白色信封，卻不小心撞在他身上。

被我完全撞倒後還被我當作墊子跪坐的何慕桓瞇著眼。「——妳在幹嘛？」

嘖有點後悔沒撞歪他的臉。

「抱歉。」但我還是乖乖道歉，原本按住他胸口的手趕緊縮回，小心地從何慕桓身上下來。

「告白不成要來硬的嗎？」

「你、你胡說什麼？我是怕那封信被吹走。」

「怕撿到的人看了之後知道妳暗戀我？」

「撞倒你很抱歉，跪在你身上我也很抱歉，但是我沒有暗戀你。」我揚起白色信封，「我再說最後一次——這，不是要給你的。」

我順好裙子轉身要走，但「傳說中」的何慕桓老師卻從背後叫住我，「——妳叫什麼名字？」

「一個你不用知道的名字！」

□

「嘿，給妳的。」我說，「抱歉被我捏得有點變形。」

可薇如夢初醒般回眸，輕淺一笑，「這次是誰？」

「好像是二一五的，一個高高黑黑的男生，名字我沒問耶，但長得滿帥的。」

「每次都麻煩妳，謝謝。」可薇接過白色信封，輕輕地拆開。

「……這次的情書文筆怎麼樣？」

「妳看。」

「這是給妳的情書，我怎麼能看。」

可薇還是淺笑著，把信紙反過來。

雪白的信紙上只寫了七個字，前四個是：我喜歡妳；後三個是：曾靖南。

「噗。」我笑了出來。對不起，嘲笑純情小鮮肉是不對的，但真的很好笑。

「搞笑吧？至少應該寫個黎可薇冒號什麼的。」可薇笑道。

我伸手拿過那張只寫了七個大字的情書，忽然想要惡作劇。

雖然覺得對這位曾同學很不好意思而且有點沒品，但還是很想這麼做——

如果把這封信放在「傳說中的何慕桓老師」桌上，不知道會怎麼樣？

每個禮拜都收到很多情書是吧？哼！

「……妳要回信嗎？」當然我並沒有真的這麼做，而是像往常那樣問了問。

「只有七個字的情書，讓人一點都不想回。」

「不過，這個男生是這學期到目前為止最帥的呢。」雖然八成長了臉沒長腦袋。

「我對小鬼沒興趣。」可薇輕嘆著把信摺好，收回白色信封塞進抽屜。

小鬼嗎，但是成熟男人也不見得有多好吧。

例如，什麼「傳說中的何老師」之類的。

真是令人不悅的傢伙。

放學後我走向腳踏車車棚，因為終於熬過了七堂無聊的課而暗自慶幸時，一道突然蹦出的人影狠狠地嚇了我一跳。

「嗨！」是午休時託我轉交七言情書給可薇的陽光男孩。他穿著體育服，肩上揹著書包和體育用品袋，笑容燦爛，「妳好。」

我撫著胸口，想平復受驚的心情，「……有什麼事嗎？」

「妳一個人回家？」

問這幹嘛？「……嗯。」

「今天很謝謝妳幫忙。」男孩的笑容很真誠。

「不會。」

男孩有些期待地問，「她看了嗎？」

她看了我也看了，還一起笑了，「嗯。」

他抓抓頭，有些窘，「這樣啊。」

我在心裡默默嘆氣。「你如果想要什麼明確的答案，要不要直接去問可薇比較快？」

他先是一怔，接著搖頭，「哪有什麼明確答案、我都還沒開始追她呢。至少得追求她一段時間，她才會知道自己喜不喜歡我吧。」

這麼說也是沒錯。

接著，男孩以閃閃發亮的目光注視我，那眼神要不想借錢要不就是想求我一起作弊或者偷搶拐騙總之絕對沒好事——

「妳可以幫我追她嗎？」

果然！

「不要。」

男孩似乎早就料到我的回答，毫不在意地繼續笑著，「我請妳吃冰。」

「你是不是聽錯了？我說的是『不要』，不是『好我幫你』耶。」

「那有什麼關係，我還是可以請妳吃冰啊。」

「不要。」

「不喜歡吃冰嗎？」

「欸同學。」

「嗯？」

「你糾纏錯人了吧？」怎麼辦我覺得頭好痛，「你要糾纏的人是可薇才對吧？」

「那是第二階段的計劃，」男孩朗朗笑著，說道，「目前的計劃是先跟妳成為好朋友。」

這人是瘋子嗎？「……什麼好朋友？」

「對啊，這樣妳的好朋友『我』，跟妳的好朋友『她』，不就可以透過我們共同的好朋友『妳』，一起見面、一起出去了嗎？」

「這種壞心的打算就這樣坦白說出來，我不是很懂你到底在想什麼耶。」這人果然長了身高長了臉但沒長腦。

男孩的笑容更閃亮了，「就算沒辦法追到可薇，但我至少又多交了一個朋友，不好嗎？」

「聽起來順序跟重點完全就很奇怪。」算了不要擋路，本姑娘已經累癱，沒力氣再跟你扯下去了。「好了，我要回家。」

「我陪妳。」

「不要。」我推著腳踏車決定直接越過這個只長臉沒長腦的傢伙。

「可薇第二外語選西班牙文，那妳第二外語選什麼？」他大步跟上我，毫不在意我的臭臉。

「秘密。」

「我知道可薇是巨蟹座，那妳呢？」真是有毅力啊。

「——你很煩耶。」

「朋友就是要互相了解啊。」

「那你怎麼不先說你第二外語選什麼、你是什麼星座？沒禮貌。」

「我講了妳就會講嗎？」

「不會。」雖然選課和生日這種事要查還是查得到，但一點都不想告訴這人。

「我選法文喔，結果好痛苦。我是四月份牡羊座的。換妳了。」

「就算你講了我也沒有要告訴你的打算。」

「那沒關係，我多說一點我的事，讓妳了解我好了。」

「……你是認真的嗎？」拜託不要啊！

「對了，我都還沒跟妳說我的名字！」

「沒關係不用專程告訴我。」其實已經知道了，除了本名之外還知道你現在叫無腦人。

「但我知道妳的名字啊。」

「你怎麼會知道？」

「裴松兒，妳叫裴松兒，」他笑著更閃亮了，「不知道妳的名字，怎麼有辦法請同學找妳出來、拜託妳轉交情書，對吧？」

……結果曾靖南還真的陪我走回家了。

完全是個瘋子。

被他所害我明明有車卻得一路推著，根本沒辦法騎。

「原來妳家離學校這麼近啊。」到家時曾靖南毫不在意地拋出一句話：「所以，黎可薇也住這裡囉？」

我狠狠瞪他一眼，「這就是你的目的嗎？」

「才不是，」他一臉坦誠，「我早就知道妳們的地址一樣啊。」

「那你幹嘛情書還要用轉交的、不會直接寄喔？」

「情書不是一定要讓女生的好朋友轉交嗎？」

不要再不停證明你是白痴了好嗎？！「最好是啦，而且這世上還有一種東西叫個資法你懂嗎？！」

曾靖南聳聳肩，重新揹好快滑落的書包和體育用品袋，他笑道：「妳就不用在意了嘛。既然妳安全到家，那我也回去了。明天見。」

我才不要跟你明天見咧！

怪人！

我從書包裡掏出鑰匙帶著不悅的心情打開深紅色大門，快步走進院子中。

我家是棟相當傳統，甚至可以說有點古色古香的老公寓一二樓，前方有塊差不多可停一輛休旅車的小院子，圍牆下方有張年代久遠的長板凳，上面有幾盆綠色植物。推開一樓的雙開落地門就是客廳和玄關。

在我十歲以前，我們家的範圍只有一樓，十歲那年可薇來我家之後，過沒多久爸媽就把二樓也買下來，重新裝修時在室內增設樓梯，把我和可薇的房間、爸爸的書房、琴房都設在二樓；而一樓就只有客餐廳、主臥、小客房、廚房和一間儲藏室了。

算一算可薇到我們家已經六年，原來阿姨和姨丈走了這麼久。

如果不是因為阿姨夫妻搭乘的飛機失事，可薇跟我只不過是逢年過節才會見面的表姊妹而已。

——等可薇搬來之後，妳要對她好一點，她失去了爸爸媽媽、沒人照顧，只好跟我們一起生活。

——跟我們一起住不好嗎？

——再怎麼樣，還是跟自己的爸爸媽媽一起比較幸福啊。

接可薇回來的前幾天，媽媽是那樣跟我說的。

——媽媽希望妳把可薇當成自己的親妹妹，不，對她要比親妹妹還要好。

——我不懂。

——如果是親姊妹，吵架了鬧脾氣了，都可以找媽媽哭訴，要媽媽評理，對嗎？

——對。

——但可薇如果受了委屈，就不能跟妳一樣哭著來找媽媽了。

——我更不懂了。

媽媽摸著我的頭，替我順了順瀏海，溫柔地笑了笑。

——因為不管媽媽對她再好，終究不是她的親生媽媽。

當時十歲的我當然沒辦法理解這些話，但印象很深。

因為媽媽從來不曾那麼嚴肅地和我說話。

另一個理由是，從可薇來了之後，媽媽跟以前再也不一樣：她極努力地想成為可薇的媽媽，但她終究不是；而在她努力的過程中，甚至也不再是我的媽媽。

「回來啦。」媽媽濕漉漉的手在圍裙上抹乾，從廚房出來，張望著，「怎麼只有妳，可薇呢？」

「不知道耶。」

「怎麼不跟她一起回來呢？」

「放學時沒看到她。」

「放學前就應該約好一起回家的嘛，再不然也該問一下她是不是直接回家才對呀，她今天又沒有社團……」

我抬眼看時鐘，放學到現在連一個鐘頭都不到。

算了，媽媽這反應也不是第一次，司空見慣。

我沒再吭聲，抓著書包的背帶要上二樓，但媽媽叫住我。

「我問妳，可薇在學校有沒有要好的男生？」

「啊？」

媽媽有點不安地絞著手，「就是交往對象、男朋友什麼的。」

「滿多人送情書給她，但她都沒答應……我想應該是沒有。」

雖然在家在學校都跟可薇一起，但她若是真要藏起什麼小秘密，也不是那麼容易發現的，因此我加了「應該」兩個字。

「是嗎，那就好。」媽媽語重心長，「那她有跟什麼網友來往嗎？」

「應該沒有吧……」說真的我上網的時間比可薇還長兩三倍吧，怎麼不問我有沒有網友。

「怎麼都是『應該應該』、一點都不確定？妳這個做姊姊的到底有沒有在關心可薇啊？」

那妳這個做媽的有在關心我嗎？

「……是要去偷翻她的抽屜、查她的日記，才叫關心？」

媽媽變臉了，但下一秒又變回溫柔和藹，她的目光越過我，「可薇，回來啦。」

「嗯，我回來了。」

「我煮了綠豆湯，妳們兩去換個衣服洗個手來吃吧。」

「好。」

即使沒回頭也能想像可薇回應時的乖巧表情。

我轉身上了樓梯，只覺得疲倦。

□

「真巧！」

人來人往的合作社前曾靖南拿著兩罐汽水向我打招呼。

「嗯。」無腦人別煩我。

「怎麼只有妳一個人？」

「你的女神在教室，不在這兒。」

曾靖南笑開，「我不是問她啦，雖然也有一點好奇。不過我的意思是，女生不是都結伴買東西上廁所嗎，很少看見單獨行動的呢。除了可薇之外，妳——沒朋友嗎？」

「你這個人很沒禮貌耶，」一整個令人不爽，「那你呢？還不是自己一個人來？」

「沒朋友沒關係，我當妳朋友就好啦。」

我狠狠瞪著他，「別擋路。」

「我懂，這叫少女的矜持對吧。」

你真的要逼我在大庭廣眾之下叫你「無腦人」是嗎？

「曾靖南同學，」我非常努力用平靜淡然的口吻說道，「我沒說要跟你當朋友。」

曾靖南終於收起陽光笑容，大眼睛看著我，一臉無辜。「……裴松兒妳討厭我嗎？」

絕對說不上喜歡！「不要用這種問法！我又不是——又不是在拒絕你的告

白。」

「可是……」

「謝謝你的心意，不過我跟你——還是算了吧。」我說道。

「不給我個機會嗎？」曾靖南一臉小鹿斑比的無辜表情，害我很難接話。

「同學，人家就不喜歡你了，還是放棄吧。」這時，從我背後傳來陌生的聲音，不是學生而是成年人。

曾靖南和我同時望向這個莫名其妙插嘴的傢伙——是「傳說中的何老師」。

「何老師……」曾靖南反應這時比我快，先打了招呼，他恢復笑容，「老師你誤會了哈哈。」

「男人要有紳士風度，拿得起放得下，既然人家不喜歡，就不要死纏爛打，這樣只會讓女生覺得你很遜而已。」

「就跟你說不是這樣了啦。」我忍不住叫道，「——可惡都要上課了我還沒買到美工刀，都是你害的。」

前一句「就跟你說不是這樣了」是對著何慕桓，後一句「都是你害的」是對著曾靖南。我真心覺得這兩個人跟我八字對沖生肖偏沖命盤相剋星座不合，才短短幾分鐘就能把我還算神清氣爽的一天破壞殆盡，真是討人厭。

無腦人曾靖南也就算了，那個傳說中的何慕桓是怎樣，隨便偷聽學生講話也太沒品，每天這麼認真打扮來學校誘惑女學生再一臉邪惡拒絕女生告白讓少女心碎淚奔，這是什麼壞心行為啊？

一整個令人怒，可惡。

結果上課鐘響的時候，我才剛剛好擠進合作社……

阿姨拜託別趕人，我只是要買把美工刀而已，妳給刀我給錢真的一下下就好了。我衝向放文具用品的架子，以最快的速度隨便抓起一把美工刀再衝向結帳櫃檯。

「謝謝我要這個。」

「——同鞋，妳買美工刀做什麼？」結帳阿姨盯著我的臉問道。

我愣了一下，「做什麼？我，我要用啊……」不然拿來當小菜配飯嗎？

「是厚，做作業厚？」阿姨緊緊抓著一把十元的黃色塑膠柄美工刀，仔細端詳著我，接著一臉關心，「同鞋啊，做啥咪代誌之前都要先想一想，想想自己，想想父母，想想未來，對嗯對？在學校讀書難免會遇到幾瓜嘸歡喜欸代誌，鴨嘸擱哪是傷害把郎、傷害呷己攏係欸後悔喔——」

阿姨妳是不是誤會什麼了？

我只是要買把美工刀裁紙做科展啊……

「阿姨我是不知道妳想說什麼啦，但是已經打鐘了我要回教室，拜託妳幫我結帳謝謝。」

阿姨還是緊緊抓握著美工刀，一臉困擾擔憂兼恐懼，然後不知為什麼她目光看到了還在走廊上和曾靖南講話的何慕桓，於是向何慕桓大叫：「何老師！請你來一下！」

「阿姨算了，我不買了。」我放棄！我放棄總可以了吧。

「阿姨怎麼了？」何慕桓仗著腿長，兩三步就走了過來擋在出口。

阿姨用未開封的美工刀指著我，小聲說道：「何老師，這位同鞋好像心情很不好哩，還要買美工刀……」

我完全懂了，阿姨是把我當成什麼想自殘還是想衝動謀害全校師生的危險人物對吧。雖然很悲哀也覺得生氣，但此刻的我更想——笑！

「阿姨我不是啦！」我真的氣中帶笑笑中帶淚，忍不住跺腳，「我沒有心情不好啦！」

何慕桓和合作社阿姨同時打量著我，好像在看什麼外星來的奇妙生物似的。

接著，何慕桓和阿姨交換了眼色，阿姨迅速地把還沒結帳的美工刀收起，然後何慕桓則是利用身高優勢、居高臨下看著我，淡淡地說：

「同學，跟我去一趟輔導室吧。」

現在到底是怎樣啊！

明明都已經上課了但我卻和傳說中的何老師站在輔導室前，還被當成了可疑人物，我承認我衝進合作社想要買美工刀時的表情應該不太好看，但有必要這樣懷疑我嗎？如果我真的要對全校師生動手還是犯案的話，我會去買氰化鉀啦可惡。

「……理論上，想動手殺人的應該是告白失敗的人，怎麼會是被告白的人呢？」何慕桓雙手抱胸，定定地望著我。

「我哪知啊。」我沒好氣地答道，「而且無腦人不是在跟我告白啦。」

「無腦人？」

「呃！」糟了竟然一時嘴快，「我是說，剛剛那個男同學。」

何慕桓狐疑地看著我，彷彿我是個有嚴重說謊前科的臭小孩，「為什麼要買美工刀？」

「我剛剛不就說了嗎？要裁書面紙畫圖做科展啊！」雖然說站在我面前的痞子是個老師但我實在忍不住滿腔怒火。

「妳知不知道妳很沒禮貌？」何慕桓板起臉，年輕歸年輕但該有的威嚴還是有，「不要太過分了。」

「……是。」

可是怎麼想都覺得大家瘋了，我只是趕著去買美工刀而已耶！

先是被無腦人曾靖南攔下來問我是不是沒朋友，接著已經很蠢的對話又被何慕桓莫名其妙亂攪和，再來只是因為我買東西時沒笑臉就被合作社阿姨當成重大嫌犯，這到底是怎麼一回事啊？！

「妳知道前陣子附近國中發生了學生拿刀傷人的事件吧？」何慕桓突然換上相當師長 feel 的口吻。

「……有印象。」所以現在把我當模仿犯了嗎？

「事情發生之後校長嚴正交代學校各科老師和行政人員，連校工護士和賣東西的阿姨她們在內，要大家好好注意，以免我們學校也發生類似的事，合作社阿姨只是忠於職守，明白嗎？」

「喔。」

「我問妳明白嗎？」他沉聲一喝。

不情不願，「明白。」

「跟老師說話是這種態度嗎？抬頭看著我。」

更加不情不願，但現在我只能乖乖配合以求早點回教室。

於是我抬起頭——

嗯確實有張令人難忘的精緻臉龐。那又怎樣？

是說你就這麼喜歡被女學生盯著看嗎？

這種要求我這輩子（雖然只有十六年）還是第一次聽到耶。

何慕桓和我注視著對方，像是在瞪眼比賽，哼我不會輸的。

過了好一會兒，他才說道：「妳，該不會是因為我，所以拒絕剛剛那個陽光少年吧？」

「你你——」你這個人為什麼可以這麼自戀啊？！

「看來真是如此。」何慕桓在我氣得雙手握拳、完全說不出話時直接開始他那異常嚴重的自戀妄想症，「師生戀？別傻了，現在的女孩子根本是少女漫畫看太多，雖然相差不到十歲，但我再說一次——」

「拜託！」我發覺自己聲音正在顫抖，腦袋發燙，「我真的，一點都不喜歡你！」

結果在我帶著極其不爽的心情頭也不回跑向教室時，踩空了一階樓梯。

好痛！踩空樓梯的下場當然就是慘跌在地，一時間有些頭暈，覺得好像腳上頭下，想用手撐起上半身，但卻沒什麼力氣。

從樓梯間縫射入的陽光異常白熾銳利，我不得不閉上眼。

雖然閉著眼但仍然能清楚感受到有個人影擋住了刺眼的光線，睜開眼再度和何慕桓對上視線。

「妳到底——」

有多蠢？應該是想這麼問吧？

何慕桓像是我欠了他幾百萬似地嘆息，「能動嗎？有骨折嗎？」

我搖搖頭，想叫他滾遠一點，但發不出聲音，暈暈的。

何慕桓伸出手後橫停在半空中，他遲疑了一會兒，說道：「我這是因為要救人，明白嗎？不要誤會。」

誤會什麼啊？摔了一大跤頭已經很昏了，不知道你在講什麼啦。

然後何慕桓繼續完成他的動作：把我橫抱而起，再轉九十度後慢慢放下，讓我站好。

「有哪裡會痛嗎？」語氣雖然不耐煩，但他還是盡了為人師表之責問道。

我想搖頭，但頭很昏，於是勉強開口，「……有點暈。」

「能走去保健室嗎？」

「應該、不用。」我伸手扶著牆，慢慢意識到這不是因為從樓梯上跌下來，而是因為貧血。「我沒事，謝謝。」

何慕桓本來仍一手扶著我，這時他縮回手，皺眉，「真的沒事？沒有摔傷頭還是摔傷腳？」

「沒有。」你走開啦。

「妳臉色很蒼白。」

廢話我貧血啊。

「去保健室。」何慕桓又看了看我的臉，以命令的口吻說道，「我送妳去。」

「……我自己去。」拜託不要再跟我講話了。

「妳根本走不動吧。」

「那你把保健室搬來啊。」我沒好氣地答道。

何慕桓臉色一沉，「注意妳的態度。還有，要不是妳剛剛突然轉頭就跑，現在會受傷嗎？妳要搞清楚狀況！」

「……」隨便你啦。

我終於放棄了，就地坐在台階上，頭靠著牆，想讓身體不那麼漂浮。雖然感覺得到手腳八成有些摩擦破皮或者瘀青，但暈眩比任何事都可怕。

貧血帶來的暈眩完全強烈到我已經毫不在意既成的蹺課事實，也不在意眼前這個極度自戀又莫名其妙的瘋狂老師了。

何慕桓站在原地，一副「妳真的是麻煩人物」的神情，「我去叫護士小姐過來，妳待著別動。」

我不想回答，覺得身體飄飄的，冷冷的。

「欸妳不會就這樣昏倒吧？」走了兩步何慕桓又折返，他蹲下來，輕輕搖了我幾下，「還清醒嗎？」

「……不要晃我……」突然一陣強烈反胃，你這樣只會讓我更暈啊混蛋！

「妳說什麼？」何慕桓更靠近我一些，握住我肩膀的手更用力了。

「我說，不要……」

話並沒說完，因為我吐了。

還很神準的往前吐，正中某人胸口。

所以我說不要晃我了嘛！

□

可薇站在我身邊，一臉擔憂，「腳踏車就留在學校吧，走回去也不會很遠。如果還是頭昏的話，不然坐計程車？」

我搖搖手，「沒事，好多了。」

「真的嗎？妳臉色還是很蒼白耶，能走回家嗎？總之不能騎車，太危險了。」

「我還好啦……吐完之後，整個人神清氣爽多了。」

而且還有一種報仇成功的快感！

一想到何慕桓瞬間震怒但又沒辦法大吼大叫發脾氣的表情就覺得這次反胃真是太值得了，這也算替那些他沒放在眼裡的同學學姊學妹報了一箭之仇吧哈哈。

「裴松兒！」

這聲音是——

哎呀，這不是造成今天一切悲劇的始作俑者，陽光帥氣無腦人嗎？！

要不是你今天在合作社前跟我說那些五四三，我會被何慕桓盯上嗎？會頂著張臭臉去買美工刀然後被合作社阿姨當成變態嗎？天堂有路你不走，地獄無門闖進來，無腦人無腦人無腦人！

「嗨！」無腦人曾靖南大步走向我和可薇，竟然還臉紅了。

可薇拉拉我，「妳認識？」

我揚起很有可能是這輩子最燦爛的微笑，雖然是對著可薇說，但我卻看著他，「真巧！讓我來介紹——這位，就是在情書上連名帶姓加起來只寫了七個字，而且字還不怎麼好看的曾靖南同學。」

「噢！原來你就是曾靖南。」可薇忍不住笑了出來。

曾靖南好像對我的介紹詞完全不以為意，竟然靦腆地抓抓頭，「妳好。」

我看看可薇再看看臉紅的曾靖南，唉果然是全校發情期。

「好了接下來就是你們年輕人的時間，兩位找個地方坐下來慢慢聊，我先回去了。」我把書包放在腳踏車前籃，決定給這對未來的（？）小情侶一點私人空間。

「等一下、妳不能騎車。」可薇拉住我。

不會吧昨天被無腦人所害已經走路回家了今天又要嗎？

「怎麼了嗎？」

可薇轉頭看向曾靖南，說道：「松兒今天在學校身體不舒服，還吐了。」

曾靖南看著我，「幸好我有來找妳，我幫妳拿書包，別騎車了。」

「你、你不是碰巧路過啊？找我幹嘛？」我指指可薇，「女神就在這裡，以後情書自己親手給比較有誠意。」

曾靖南臉紅到不行，拚命搖手，「不是、我是想說要跟裴松兒妳培養友情，所以才來車棚看看會不會碰到妳、要不要一起回家。」

可薇忍俊不住，又笑了出來。

我的可薇小姐拜託妳就跟他交往吧，一來省得他天天煩我，二來這人保證可以逗妳開心啊！

「——原來妳還沒走，很好。」

這把討厭聲音的主人何慕桓不知何時竟然悄悄出現，也是啦，這裡是學校，他出現也是正常的。

「何老師好。」無腦曾靖南和可薇同時向他打招呼。

「陽光少年，你怎麼又來煩人家？」

何慕桓斜睨了曾靖南一眼，太好了無腦人你也嚐嚐被冤枉的滋味吧！

沒等曾靖南開口，何慕桓便將他手中原本和 BLEECKER COMMUTER 提在一起的白色紙袋塞給我，「正好，還在想不知道去哪裡找妳——這個，給我好好處理乾淨。」

「這什麼？」我打開袋子，只見上午被我吐成抹布的白襯衫。

「手洗，不能脫水，不能烘乾。」何慕桓扔下這句話後掉頭就走。

「手洗？你叫我手洗？我自己的衣服都沒手洗了幫你手洗？！」

對不起我知道是我弄髒的但我真的沒辦法不失控啊！

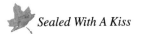

你讓我送洗也就算了，付個洗衣費我OK的，可是你、你你竟然叫我手洗？！

我長這麼大都還沒幫過我媽洗衣服了還想讓我幫你洗？！

何慕桓和兩個剛好也走向車棚的男生同時停下腳步，那兩個來牽車的小高一大概被我的怒吼嚇得不知所措只好呆立原地；而何慕桓沒回頭，只是再度以充滿師長威嚴的口吻下令——

「親、手、洗！」

誰理你啊！

02

誰理你啊誰理你啊誰理你啊誰理你啊誰理你啊誰理你啊誰理你啊誰理你啊誰理你啊誰理你啊誰理你啊誰理你啊誰理你啊誰理你啊誰理你啊——

可惡怎麼這麼難洗，

我幹嘛沒事吃什麼咖哩麵包啊，

都消化成這樣了結果變成嘔吐物沾在衣服上還是洗不掉！

手都泡水泡皺了還刷不掉，煩死了啦。

「……還沒洗好嗎？」可薇悄悄走進廚房。「阿姨等下就回來了。」

「嗯差不多了，再來應該擰乾就好。」那些黃色點點我不管了，要是動作太慢被我媽發現，到時很難解釋——很難解釋為什麼我們學校會聘請這種有病的老師。

「可是，松兒，」可薇湊近我，「妳為什麼，用洗碗精洗衣服啊？」

「洗碗精？！這是洗碗精？可惡真的！難怪洗不乾淨！」我打開水龍頭開始朝著盆子裡的衣服胡亂沖水，「不管了啦，說不定洗碗精跟洗衣精本來就都一樣，只是廠商故意用兩種不同包裝假裝是不同產品，其實原料都一樣。」嗚嗚已經不知道自己在胡言亂語什麼了。

「……沖完水要擰乾一點喔，不然曬在房間不容易乾又潮濕。」

「不是曬在後面那邊就好？」我們家有固定曬衣服的地方。

可薇笑道：「妳真是的，曬在那邊還不是會被阿姨看到？只能曬在妳房間了。」

「也是，感謝提醒！」

我把盆裡的水倒掉，假裝沒看到還有些泡泡殘留，很快地把襯衫抓起來擰乾。嗚嗚我以後絕對不要買不能機洗、不能脫水也不能烘乾的爛衣服，可惡啊嗚嗚嗚。

回到房間我拿了個衣架把皺成一大團又不停滴水的花襯衫（是的它已經不白了）掛起來，本想掛在窗邊但怕半夜嚇人，於是改掛冷氣吹得到的地方，還在地上墊了條毛巾免得弄濕地板。

何慕桓啊何慕桓，我上輩子是倒了你的會還是搶了你老婆？為什麼這輩子只要一遇見你就沒好事？

一想到人生第一次親手洗衣服竟然是洗這個討厭鬼的襯衫，就有一種強烈的不甘和煩躁；我最近是不是該去廟裡拜拜、時運是不是有點低啊可惡？

這時房門輕響，會這樣敲門的只有可薇了。

「請進。」

可薇用托盤端來兩杯果汁，「在忙嗎？」

「在曬衣服。」唉。

「呵呵，原來今天被妳吐了一身的，就是傳說中的何老師啊。」

「我很後悔不是直接吐在他臉上。」難不成他能忍到放學然後叫我幫他洗臉？！

「看何老師的表情和說話樣子，妳之前就認識他了嗎？」

那無論如何也算不上「認識」吧？

我想了想，「有一次在頂樓剛好看到他拒絕某個女生的告白。」

「是喔！」可薇露出驚訝的神情，「本來還以為是謠言，原來真的有女學生跟他告白。」

「據他本人不要臉的說法，好像每星期都會收到很多封情書的樣子。」

「何老師為什麼跟妳講這個啊？」可薇問，「好奇怪。」

「想炫耀吧大概。細節妳就不用深究了。」我一點都不想再提到那個傢伙，「對了，今天見到曾靖南本人了，妳覺得他怎麼樣？」

「滿帥的啊，笑起來很像運動明星。」

「他好像真的很喜歡妳，竟然打算先收編我再利用我幫忙追妳。」

「真的嗎？妳怎麼知道？」

我不禁笑了出來，「他自己說的——先跟我當好朋友，再讓我居中牽線，三個人一起出去玩這樣。」

可薇也笑了，「他直接這樣跟妳說喔？很搞笑耶。」

「對吧，超級無厘頭的。」

「難怪在回家路上他一直說想常常來找妳培養友情。」

「我之前還跟他說他糾纏錯人了……怎麼樣，這個曾靖南滿單純的，要不要給他一次機會？」

可薇想了想，「說好聽是單純，說難聽是笨吧。」

「可薇小姐眼光果然很高，再會了陽光無腦人！」也好，不要浪費大家時間，無腦人你早點死心去愛別人吧。

「不過，跟他交朋友應該還可以。」可薇補了一句。

「呃。」

「送我們回來的時候，他不是很熱情的說要經營大家的友情小宇宙嗎？還滿可愛的呢。」

怎麼我一點都不覺得？

也是啦，仔細想想跟曾靖南走在一起還挺有面子的，再怎麼說也是陽光運動（無腦）美少年哩；姑且不論他異常白目的個性，他確實是個沒心眼又好相處的人吧。應該吧。

□

我總是在鬧鐘一響的時候就馬上起床。

聽說這樣很不正常，但天才（屁）總是有些異於常人之處。

今天早上也不例外，手機設定的鬧鐘鈴聲才唱了第一句「WHOO OH O 無心睡眠」我就翻身起床。一邊按掉手機一邊抬頭沒想到還是被掛在角落的襯衫嚇了一跳——吹了一晚上冷氣該乾了吧？今天還了襯衫之後老天請保佑我別再碰見那個自戀鬼。

有良心的我收下襯衫後塞進乾淨的新紙袋裡，放在書桌上，省得待會兒刷完牙洗完臉出來就忘了要帶去學校。

吃完早餐和可薇一起出門前，媽媽衝到院子給我們一人一把摺傘，說今天會下雨，交代我如果下雨就別騎腳踏車回來（只有我喜歡騎車上下學），雨天路滑，還是走路為上。

「妳等下要怎麼把衣服還給老師？」在路上可薇問。

「就拿去教職員室，說一句『拿去』之類的。」

「會被誤會吧？」

「有什麼好誤會的，他昨天被學生吐了一身、換了衣服，跟他同辦公室的人都會知道吧？第二天學生表示歉意拿洗好的襯衫還他，再正常不過。」

「我是說，被同學誤會啦。」可薇笑道。

「不會吧……教職員辦公室裡有那麼多學生嗎？又不是叫作『學生辦公室』，就算有也不見得會注意到。」

「還是不好，我幫妳約他出來要不要？腳踏車棚或者其他地方？」

「有必要嗎?」那些地方離教室很遠都要走很久，好麻煩。「啊，我想到了，既然可薇妳人這麼好願意幫我，不如妳直接替我還給他！」

「我嗎?」可薇瞪大眼，隨即點頭，「……好吧，既然妳都這麼說了。」

「果然還是我們可薇小姐最好了。」太好了這下完全不必見到那個衰神中的霸主，真是一整個心情大好。

中午午休可薇拿著紙袋去教職員辦公室，一面吃著咖哩麵包（對啦我就是喜歡吃咖哩麵包還要炸過的那種）我一面翻著新買的小說。

「松兒，妳有空嗎?」是數學小老師許靜瑜。

「有啊，什麼事?」

「蔡老師說，這是補充習題，要發給上次沒考到七十分的同學回去練習，星期五數學課要交，這份是妳的。」靜瑜把影印好的習題遞給我。

「對厚，前兩天老蔡在課堂上有講過，都怪我太笨了。」我收下習題，向靜瑜一笑，「謝謝妳專程拿給我。」

「不客氣。」靜瑜離開前特別交代，「要記得星期五交喔，題目好像有點多呢。」

「好，我知道了，謝謝。」說歸說，但還是想先看小說（唉）。

數學這種東西一整個超現實，說不定比人性還難以理解。我翻了翻習題，好吧，討厭歸討厭，如果不交的話老蔡一定會皮笑肉不笑地說什麼「沒寫完嗎？沒關係只有多練習才能加快解題速度，所以再加寫一百題吧」之類的話。

收起習題和小說我決定去洗把臉，才一走出教室就差點撞上急奔而至的可薇——她手上還拿著那個裝襯衫的紙袋。

可薇神情不太開心，把紙袋就這麼塞給我。

「怎、怎麼了？」

「何老師叫妳自己去找他，」可薇在跟我擦肩而過、走進教室前說道，「他說，在第一次見面的地方。」

「呃，」看來可薇白跑一趟生氣了，我看著可薇的背影，「對不起，害妳跑一趟。」

但可薇大概沒聽到。

再過幾分鐘午休就要打鐘了，我放棄洗臉的念頭，拎著已經被折騰到有點發皺的紙袋往頂樓走去。

還第一次見面的地方咧，什麼爛說明。

今天中午天空沒有一絲雲。頂樓上有兩三組不同的女生聚在一起吃便當小聚會，我看了看四周，何慕桓還沒出現，有點想把袋子隨便掛在門把或欄杆上然後直接跑掉。這個人，見一次我就衰一次，今天還沒見到就已經先拿到數學習題了，力量比什麼恐怖詛咒還強大，想到就害怕。

過沒多久午休鐘響，吃完午飯的女生們三三兩兩一面聊天一面下樓，我也打算回教室，反正我已經盡了義務，他自己不來拿，可不是我的錯。正當我也準備下樓時，忽然聽到樓梯間傳來幾聲輕微的問候聲。

「老師好。」

「嗯。打鐘了，快回教室。」

聲音的主人相當有威嚴，一副要巡堂點名的樣子，接著，他抬頭往上看。

四目相交，我默默走回鐵門外，已經空無一人的頂樓。

唉，早知道應該丟下袋子就跑的。失策。

何慕桓跨出鐵門，看了看沒有旁人後開口。「……道歉應該要本人親自來，這種常識也不曉得嗎？」

所以你是要來向我道歉的嗎？哼！

「襯衫，洗好了。」我伸直手，平舉紙袋。

「把別人衣服弄髒不必說句對不起、不好意思嗎？」

道歉嘛，這容易，我只要想像自己是需要選票的政客就好，有什麼難的？

我扯開不真誠的微笑，以好學生的表情說道：「老師昨天對不起你的襯衫我『親手』洗好曬好了現在還給你。」語畢我把紙袋塞給何慕桓，然後以比體育課跑八百公尺還快五倍以上的速度逃離頂樓。

雖然隱約有聽到何慕桓好像在說或者問什麼，但我真的怕了他，非常怕，不希望我未來的日子都活在衰神陰影下。

所以我逃走。

天氣預報很少這麼準。

放學前一聲悶雷，接著大雨傾盆，雖然下了十幾分鐘後雨勢趨緩，但一想到不能騎車回家得用走的，就覺得果然還是被帶衰了。

我以極緩慢的速度收拾著書包，希望藉此換來雨停，結果上天當然繼續下雨，完全沒有理會我。

——可是，傘呢？

早上媽媽明明給我跟可薇一人一把的。

我看了看抽屜和座位附近，還重新檢查了書包，但就是沒找到傘。

何慕桓！這人根本不是什麼「傳說中的何老師」，是「被詛咒的何老師」才對吧？！

好吧雖然未必跟他有關，可是現在只要發生什麼壞事（不論大小），我都覺得是被他所害，唉怨念啊怨念。

下雨不能騎車已經很悲傷，現在連傘都沒有，可薇又跟學姊有約，沒辦法一起回去……什麼人生不如意事十常八九，根本就是百分之百吧。

我認命地揹起書包，看著空蕩蕩已沒有其他同學的教室，決定狠下心淋雨回家，總不能在教室裡等雨停吧。

不過，我的摺傘到底去哪裡了啦！

從窗戶可以看到往校門的方向從聚集許多傘花的尖峰時間，到現在只剩小貓兩三隻，雨勢趨緩後許多沒帶傘的男生快步的衝出校門，一邊衝還會一邊互相打鬧一下。

好像從來沒有在放學後待在教室裡那麼久，沒想到從教室窗戶看到的雨中光景也挺有意思的。只不過再怎麼有意思，沒傘就是沒傘，現實就是現實，趁現在雨小得趕緊回去，萬一等等又變大，想哭都來不及——被我這樣一耽擱，都已經快五點了。

為了表示對媽媽的愛和尊重（？）我聽話地放棄了腳踏車，想著明天得走路上學就覺得好懶，我這種懶惰的個性好像真的很糟糕，這樣以後成不了什麼大事吧？不過我倒也沒有什麼想成大功立大業的雄心壯志就是了……

「啊、對不起！」只顧著用書包擋雨想心事，其結果就是撞到前面的人。

「妳的傘呢？」對方並沒有像一般同學說句沒關係之後繼續移動腳步，而是乾脆停下來擋住我去路。

往下的視線只看得出來這人不是學生，並不是穿制服長褲或運動褲。

而且這討厭的聲音相當耳熟——

「怎麼又是你？！」我放下用來擋雨的書包，忍不住叫出來。

撐著傘，一樣提著 BLEECKER COMMUTER 和裝襯衫紙袋的何慕桓冷冷看著我，「妳是故意的吧？」

「故意？」

「故意在我面前淋雨裝可憐什麼的好引起我注意。」

「最好我知道此時此刻你會在這裡啦！」

「說不定是守株待兔，今天沒等到明天再來。」

「……」我再度舉起書包轉身開步。

「等一下！」何慕桓沉聲一喝。

我心懷怨恨地轉身，告訴自己這裡離校門還不到三百公尺被其他認識的同學看到真的就麻煩了，現在要若無其事、若無其事。

何慕桓再度把紙袋丟給我，「沒洗乾淨也沒燙，而且還少了一顆釦子。」

「……你是認真的嗎？」雖然前一秒告訴自己要若無其事，但這一刻怒火終於衝破了臨界點——「何慕桓你才是故意的吧？！你跟我有仇是不是、是不是？！你不要太過分了，當老師了不起嗎？當老師就可以這樣惡整學生嗎？你到底在想什麼啊？我也不過就撞倒你一次還說了對不起，有必要這樣針對我嗎？不對，你根本是這輩子第一次碰到對你沒興趣的女學生所以自尊受創了是吧？」

不知不覺中雨又變大了。

撐著傘的何慕桓像是尊雕像似地，眼睛眨都不眨看著我。

並不是瞪著我，而是像注視著動物園裡的奇珍異獸、或者素描課的石膏像之類（總之應該沒把我當人）的表情。人帥的最大好處就是即使站在淒涼的雨中畫面也很美。但這不是重點。

重點是，糟了。

發洩完怒火之後我瞬間清醒，再怎麼樣這人畢竟還是個老師，剛剛不但連名帶姓叫他而且語氣完全兇狠，如果他去跟導師告個狀什麼的或者跟輔導老師說我有嚴重反社會傾向，我一定吃不完兜著走。

我抹去臉上的雨水，考慮著是不是該道個小歉還是直接跑掉算了。

「……妳的傘在紙袋裡。」

何慕桓終於開口，無喜無怒，接著，邁步離去。

「為什麼明明有傘還會淋這樣啊？」

一回到家媽媽就叫了出來。說真的我也很難解釋，只好隨便亂講因為傘沒握好被風吹走，在把傘追回來的過程中淋到雨什麼的連我自己都不是很相信的話。洗完澡吹乾頭髮，換上家居服，從一樓拿了條抹布回房間打算幫書包吸吸水，然後，目光不自覺地停在因為大雨而濕爛的紙袋。

裡面還有件襯衫。

忍不住回想何慕桓最後跟我擦肩而過的情景，他應該不會繼續活在自己的幻想小世界裡了吧。都被我講成那樣，如果還覺得我是故意勾引，那——那根本是誣陷了。

「沒洗乾淨是吧？沒燙是吧？還少顆釦子是吧？」我不禁對著紙袋喃喃抱怨，「誰理你啊！」

□

「媽針線盒在哪？」我走下樓問道。

「在電視櫃右邊抽屜，妳衣服破啦？」

「沒有，有顆釦子鬆了，想補個兩針。」

「喔。如果衣服破了就直接丟掉，別用補的。」

「好。」

「對了，」媽媽放下平板（本來在玩開心水族箱），抬頭看我，「這星期六晚上妳跟可薇出去逛街買新衣服吧。媽媽給妳錢，一人兩千。」

「幹嘛突然要買新衣服……」天天穿制服，對我來說兩千元拿去買別的說不定還好一點。

「妳們就出去吧，不買衣服的話，錢也可以存下來，買書買吃的買什麼都可以。那天晚上六點到十點家裡有客人。」

喔，這才是重點。「好吧，不然我跟可薇去看電影好了。」

「也可以，那媽媽等下多給妳們一點錢。」

「妳什麼時候變那麼大方了……」

「不是媽媽我變大方，而是物價太可怕了。同樣的衣服以前三百買得到，現在一件變七八百，什麼都漲價了。」

「這倒是。」去逛文具店的時候這種感覺也慢慢變明顯。拿了針線盒本來要轉身上樓，但突然想到——

「那個，媽，衣服沾到咖哩要用漂白水才行嗎？」

「就直接丟掉啦，哪一件啊？」

「沒有，不是我的啦。」

「可薇的？」

「不是，網路上看到的生活常識問答題啦。」真相實在說不出口。

「媽媽沒研究過，不過……用加了鹽的洗衣精說不定可以，不然現在電視廣告的什麼粉紅去漬霸大概也行。」

「了解，謝啦。」

□

之後幾天我人生的陽光終於又回來了，何慕桓像是不受歡迎的積雨雲般消逝，接連不斷的衰事終於有暫緩的趨勢——除了三不五時會跑去腳踏車棚想要「培養友情小宇宙」的陽光無腦美少年曾靖南。

好吧其實曾靖南並沒有真的很討人厭，聽他說話有時還覺得滿有趣的，總是會讓人想反問，你這麼單純天真沒問題嗎？會不會天天都被騙啊。

不過，正當我感到人生再度回歸正軌時，可薇卻像是有點心事的樣子。

從那天她幫我送還襯衫、被何慕桓退貨開始，可薇好像很不開心，問她她只說沒什麼，雖然因為她白跑一趟的事說了好幾次對不起，但可薇還是悶悶的。該不會那個何慕桓說了什麼讓可薇生氣的話吧？一定是的，唉，早知道就不該拜託可薇，真是株連無辜。

「妳在想什麼？」曾靖南很大聲地叫我。

「啊？沒什麼。」

「妳還好吧？又貧血嗎？」

「沒有啦。」

「女孩子怎麼每個都貧血。」

「你是沒上過健教喔，問這什麼蠢問題……」

曾靖南抓抓頭，「考完試就忘了。」

「也是啦……我也是考完忘了。」

正當我把書包放上腳踏車前籃時，手機突然響起。是媽媽。

——喂，松兒啊。

——嗯，怎麼了？

——回家前去超市幫媽媽買兩盒蛋，還有一把蔥。

——喔好。

掛上電話後我轉頭向曾靖南說道：「欸我今天要走反方向喔。」

「不回家嗎？」

「我媽要我去超市幫她買東西。」

「是喔，那我陪妳去？」

「不用啦。」

「女生不是都要男生陪才能去超市嗎？女生負責選購，男生負責推車跟提重物這樣。」

「那個是情侶關係才這樣啦！我跟你又不是。」

「也是。欸不過，我們現在，算是朋友了吧？」曾靖南突然眼神閃亮亮。

「算啦算啦，是朋友。」我笑了笑，「朋友你不用陪我，只是買點小東西，我騎腳踏車來回很快。」跟你一起用走的反而比較慢……
「好吧，那明天見。」
「嗯、明天見。」
「啊對了。」
「嗯？」
「妳手機鈴聲——好奇怪。是什麼歌啊？聽不懂，不像中文不像英文也不像日文。」
「粵語。」
「月雨？」
「廣東話啦。」
「喔——」曾靖南總算懂了，他再度展露爽朗且陽光無比的笑，「裴松兒妳真的很奇怪。」

我還滿喜歡逛超市的。
雖然媽媽只交代買蛋買蔥，但如果偷渡一兩盒巧克力也還在允許範圍吧。把書包丟進小推車裡在貨架間晃來晃去，拿了青蔥也拿了兩盒蛋之後，我繞到了清潔用品貨架前，貨架附近充滿了各式各樣讓人覺得乾淨清新但不太自然的香味，還好不至於讓人討厭。然後，我把一小罐很粉紅的去漬霸也丟進推車中。

站在糖果和巧克力貨架前有點猶豫，應該買金莎還是三角巧克力呢？可薇比較喜歡金莎，但是我有點想吃瑞士三角巧克力。

在其他人家，如果遇到這種狀況大概就會各買一條，雖然我家一樣能買兩條，但必須是一模一樣的商品才行。這是媽媽的規定，因為要公平，她不允許家裡發生我跟可薇搶東西，或者覺得對方擁有的比自己的還好等等情況。

於是我拿了兩條三顆裝的金莎。

把金莎丟進小推車後我轉身，但沒邁步，

因為剛好和某人對上視線。

這次何慕桓面無表情，沉默不語。

怎樣，又是瞪眼比賽嗎？還是要賭誰先認輸夾著尾巴逃開？

雖然再度閃過不愉快的念頭但仔細想想我到底為什麼那麼討厭他呢？

理論上像我這種平常熱愛欣賞帥哥的類型，應該不管何慕桓做什麼都該覺得他很帥很順眼很可愛才對。真的，一定是八字相剋命盤相沖星座不合流年不利（？），才會那麼討厭他。

後來何慕桓輸了。

他還是沒表情就那樣站著，但在他身後趕著買晚餐菜的大媽高喊了聲帥哥借過，他不得不欠身讓雖然很瘦但妝濃得像假面戰士一樣的蓬蓬頭大媽推車走過。

接著，何慕桓彷彿輕嘆了一聲（不是很確定），轉身離去。

我站在許多糖果和巧克力前呆了幾秒，接著推著可愛的小推車趕上何慕桓。

「欸你！」唉，算了，「老師——」

也不過三四公尺的距離，一下就追上他。

其實也不是很確定我自己到底在幹什麼，唉……

何慕桓停步回頭，像是贏了扭蛋還是什麼似的嘴角微揚。「這位同學是在叫我嗎？」

似笑非笑，很討厭耶。

算了我是來簽署和平協議（？）的，不想吵架。

「……你的襯衫……」

「怎麼樣？」何慕桓擺出了「妳就說說看但我不保證我會接受」的表情。

「釦子補好了，但我沒有一模一樣的釦子，只找到相似程度百分之九十的。」

而且是從我的舊襯衫上拔下來的，好險那件太小，已經不穿了。

何慕桓斂起笑容靜靜地注視我，看得我不知所措。

第一次發現這人瞳孔帶著微微的、朦朧的藍黑色，相當漂亮，像是黑夜中會反射夜半星空的湖水。

「不過我從來沒燙過衣服，而且污漬還沒洗掉，等我都整理好再還你吧。」

一直不講話盯著我看是怎樣，聽不出我充分表達出善意了嗎？

「那就，過幾天再還你，不好意思。」天哪我今天真是人太好了，竟然連不好意思都說出口。

何慕桓還是望著我，沒吭聲。

好吧我已經釋出善意了，你要繼續裝酷還是要大怒，那是你的事。

「老師再見。」我說。

「等一下。」何慕桓伸手拉住我——的小推車。

我等著他把話說完。

「妳，到底叫什麼名字？」

「噗。」

抱歉我不是有意要笑，但沒想到堂堂傳說中的何慕桓老師消息比陽光無腦美少年曾靖南還不靈通。

「很好笑嗎？老師在問妳話。」何慕桓竟也笑了，輕輕淺淺的。

「裴松兒，我叫裴松兒。非衣裴，松木的松，兒女的兒。」

「原來我的債務人是裴松兒。」何慕桓拿出手機，單手操作，「手機號碼。」

「手機號碼？我的？」

「襯衫好了跟我聯絡。」

「喔。」

我報上手機號碼，何慕桓輸入後似乎撥了，因為我的手機馬上響起。

「可以不要接吧？」

「妳……別接也別掛。」何慕桓一聽到我的手機鈴聲就怔住了，很專注地想聽出那是什麼歌。

我索性把手機拿高靠近他的臉（長這麼高害我手很痠），直到轉語音信箱鈴聲停止。

「這鈴聲，妳自己設的嗎？」

這年頭哪個高中生會讓別人設定鈴聲，「那當然啊。」

何慕桓不可置信，「妳知道他？妳竟然知道？現在竟然有高中女生知道他？」

「……張國榮耶，就算他告別演唱會時我還沒出生，但是電影台播了那麼多次《倩女幽魂》和《家有喜事》，想不知道他是誰都很難吧。」而且是史上第一帥書生！

「妳知道這首〈無心睡眠〉是什麼年代的歌嗎？」

「知道啊，很好聽，一九八幾年的吧，還是那年香港的十大勁歌金曲呢。」

何慕桓的表情從不敢置信變為一種很特別的笑，「妳回撥給我。」

「……該不會你的鈴聲也是〈無心睡眠〉吧？」如果是的話我今天一定去買樂透、而且一次買五張。

「妳打打看就知道了。」

從前如不羈的風不愛生根　我說我最害怕誓盟
若為我癡心　便定會傷心　我永是個暫時情人

「我知道這首，也有國語版的，〈不羈的風〉。」

用這鈴聲，是跟所有異性宣誓自己是花心大玩咖吧？

「竟然也知道，看來雖然是高中生，不過內在是上個世紀的靈魂。」

「高中生喜歡張國榮不行嗎？」你自己還不是一樣。

「當然可以，沒想到會有知音，很感動。」何慕桓笑了笑，忽然再度斂起笑，說道：「停戰吧。」

「停戰？」

「我們，停戰吧。」何慕桓說著，定定地望著我。

後來到底說了什麼我不記得，那天最後最深的回憶是——

何慕桓那藍黑色的瞳孔真的真的，非常漂亮。

03

週六晚上可薇雖然和我一起出門，但走到捷運站就分手了。

可薇說和社團的人約好要去看動畫片，於是就剩我一個人。

其實這種狀況挺常見的，一起出門，然後時間到了約在捷運站一起回家。有很多次，當可薇說著她跟什麼人有約抱歉不能陪我，但可以一起出門一起回家之類的話時，我總有衝動想跟可薇說，沒關係的。

沒關係的，

我知道妳也有想獨處的時候，也有想逃離我們這一家人的時候。

小時候不懂，可薇剛來我們家時我只覺得多了個相差不到半歲的妹妹，開心多過於其他，但慢慢長大後，開始會換個角度思考。

如果我是可薇，無論裴家人對我再怎麼好，寄人籬下的感覺恐怕永遠都不會消逝吧；也許會變淡，也許並不明顯，但總有些時刻會猛然驚覺，自己還是孑然一身，沒有父母，沒有真真正正的家人。

當我逐漸意識到這點後，曾經想跟媽媽商量，讓她別對可薇那麼細膩，那麼呵護，這並不是因為我討厭可薇或者嫉妒可薇，反而是因為媽媽那種過度小心翼翼的態度，只會把可薇推得更遠，讓她在裴家更像個住客或陌生人而已。

印象中我跟媽媽說過一次，但媽媽並沒有在意我的話，反而不停地問著是不是她對可薇還不夠好、要怎麼樣才能更好。我那時想起媽媽在接可薇回來前說過的話，無論她對可薇再好，她依舊不會成為可薇的真正媽媽。我還記得這些，但媽媽已經遺忘。

她總是很努力想扮演那種在連續劇或者奇怪的影集裡才會出現的完美型母親，一開始她只在可薇面前努力，想讓可薇喜歡裴家、接受裴家；但隨著時間過去，媽媽的演出成了真實生活，她的面具再也沒有脫下，取代了原本的樣貌。

她再也不大聲責罵孩子們，再也不叫我做家事，再也不安排各式各樣的補習，再也不對零用錢小氣。光以結果論來看，因為可薇我獲得了一個前所未有的開明媽媽；事實上我獲得的是一個害怕被外人評論教育方式，因此而完全放手、只想著討好孩子，不會給予任何意見的照顧者。

也許有人會覺得，沒有父母干涉的日子最幸福，但這同時意味著某種隔閡、孤單，或者距離。因為害怕可薇觸景傷情想起自己的父母，所以媽媽幾乎不再擁抱我了；但我總有想撒嬌、躲進父母懷裡的時候——那些時刻我偶爾會產生不好的念頭，變成孤兒的可薇，連帶讓我也失去了許多。

當然，每次一有這種心情，我就忍不住自責，我怎麼能這麼想；可薇一點錯都沒有。她失去了父母，孤身來到我家，過著寄人籬下的日子，愛護她還來不及，怎麼能怪罪到她身上？

何況，是我自己的父母為了顧全一切，選擇站在遠方。

這不是任何人的錯。

如果一定要說，我想，是我自己太糟糕。

我只要什麼都不去想，這樣不就好了嗎？

「也太巧了。」

「怎麼是你？」

陽光無腦美少年曾靖南毫不猶豫也沒問過我意見就在我對面坐下，「妳又落單了？」

對啦怎樣，我是不能一個人來吃麥當勞嗎？

「我跟我同學一起來，妳要不要過來跟我們一起坐？」曾靖南問道。

「不用了啦。」

「那我來陪妳，妳等我一下。」曾靖南跳起來，往樓梯另一側衝過去。

「欸不用了，欸！」這人到底在想什麼啊？

過沒幾分鐘，曾靖南揹著書包，手上端著托盤走過來。「他們以為在這裡的是黎可薇，我說不是，是『女主角的好朋友』。」

「女主角的好朋友？」

「就是漫畫或連續劇裡，萬人迷女主角身邊那個看起來斯文清秀但沒人氣的好朋友啊。」曾靖南放下書包坐下，喝著可樂，「是那種在女主角煩惱要選男一男二還是男三時，在旁邊出主意；或者在緊要關頭負責打電話通知男一來救女主角的 NPC 嘛！」

「……我都不知道我被分配到這種角色。」一整個悲哀。

「妳今天怎麼又一個人？」

「沒朋友啊不行喔。」你根本是在等我說這句吧。

「怎麼會，我就是妳朋友啊。以後妳無聊可以找我。」曾靖南拿出手機，「來交換 LINE。」

「一定要嗎？」

「一定要，我們可是朋友。」

「所謂朋友有通財之義，那借我一千元好了。」忍不住開玩笑。

曾靖南有些訝異，但隨即說道：「我身上剩不到一千，有急用的話我幫妳去跟同學借，他們應該還在那邊。」

嚇到我了。「沒有啦！跟你開玩笑的！」

「用不著不好意思啊。」

「真的是開玩笑啦。」你真的比想像中無腦很多，這樣沒問題嗎？

「可是，幹嘛開這種玩笑？」

「看你是不是真心交朋友啊。理論上你應該只是打算利用我追到可薇吧。」

曾靖南笑了，「我覺得多交個朋友很好，能追到黎可薇固然好，但如果追不到也不至於就拋棄妳。」

「拋什麼棄啊，這說法真討人厭。」

「妳等下吃完要幹嘛？」

「不知道，去逛書店吧。」
「妳看書嗎？」
「課本也算書的一種你說呢。」
「要我陪妳去嗎？」
「不用，你趕快去找你那些同學啦。」就說你糾纏錯人了！
「反正我接下來也沒事。」
「個人建議你應該花點時間計劃一下怎麼追可薇。」
「妳有好建議嗎？」
「你可以考慮認真寫封情書之類的。」
曾靖南瞪大原本就很大的眼，「我上次寫得很認真啊！」
真的不笑出來才奇怪，「只寫了『我喜歡妳』四個字叫認真？」
「不然還要寫什麼？這就是我的心聲啊。」
「總是可以交代一下為什麼喜歡她，或者她對你而言的意義什麼的。」就算是一見鍾情至少也可以寫句我第一眼看到妳就被妳吸引之類的吧。
曾靖南換上了沉思的表情，「老實說我對黎可薇不是很了解耶，就覺得她很漂亮，當女朋友應該不錯。」

「雖然我相信很多寫情書給可薇的男生也都跟你一樣但你還是得包裝一下吧？」

「那……稱讚她很漂亮？」

「有寫總比沒寫好，但也不要只寫一句『妳很漂亮』。」

「妳怎麼知道我想這樣寫？」曾靖南一臉驚訝。

因為我知道你是無腦人啊笨蛋。「好歹也形容一下是如何的漂亮——你國文怎麼樣？」

「除了作文都很強。」

「閱讀測驗再怎麼強在這個時候一樣派不上用場好嗎！」

「好像是厚。」曾靖南忽然換了個表情，問道：「上次在合作社碰到，就是妳身體不舒服那天，妳還記得吧？」

「記得啊。」到現在某人的襯衫還躺在我房間的角落，被一堆過期雜誌掩護著。

「那個何老師，跟妳很熟嗎？」

該怎麼說，都是張國榮粉絲俱樂部成員嗎？「哪可能很熟……」

「他是不是誤會什麼了？」

「好像是誤會你糾纏我吧。」其實這算不上誤會你真的有糾纏我。

「那跟他有什麼關係……」

「別理他，那個人怪怪的。」雖然眼睛很漂亮，但人品卻很怪異。

「說到這個，我們班有女生寫信跟他告白耶。」

「是喔。」不由得想起那個從頂樓淚奔的女孩，唉何慕桓應該去男校的，在有女生的學校教書真是造孽。

「然後他當場把信撕成兩半。」

「也太狠！」

「後來那個女生請了兩天假沒來，很受傷的樣子。」

「……等一下，這種事為什麼你會知道啊？」告白跟被告白，不是很隱秘的事嗎？

曾靖南托腮，說道：「因為那個女生的好朋友講出來啦……」

「出賣朋友很沒品耶！這樣那個女生以後怎麼抬頭做人啊？」

「告白失敗就不能做人嗎？也不是什麼見不得人的事啊。」

「問題是會被大家拿來當茶餘飯後的話題啊！你現在不就正在這麼做嗎？！」

「真的耶！」曾靖南竟然恍然大悟地拍了下手，「好像是厚！」

無腦界中的傳奇人物就是你了，真是無言。

走進書店剛好看到表姊的小說放在新書區，雖然已經預期到曾靖南一定會恥笑我看什麼愛情小說之類的，但如果因此不買我也太假了（應該說我反正也不在意自己在無腦人面前的形象）。

「咦是愛情小說吧這本。」

果然有意見了！「對啦不行嗎？」

「亮亮魚，《公主不戀愛》，好粉紅的感覺。」曾靖南湊過來，「妳喜歡這作者喔？沒聽過耶。」

「這作者是我遠房表姊啦，她本名叫余亮亮，筆名就倒過來，叫『亮亮魚』。」

「所以是親情捧場囉？」

「第一本是，不過看了之後滿喜歡的，就繼續買囉。聽說我表姊一邊當代課老師，一邊寫小說哩，超認真。」

「妳們家族竟然還出作家耶，好厲害。」
「現在滿街都是作家吧……」
「女生都喜歡看這種書嗎？」
「我又沒做過市調，我哪知道，不過好像都是女生在買。」
「借我看一下。」
「自己去拿一本啦。」忽然靈機一動，「欸不然你買一本好了。」
「我也幫忙捧場嗎？」
我搖搖手，「這可是為你好喔！想要追女生，就要知道女生對戀愛的幻想和期待是什麼，要知道哪種男生才會受歡迎，看愛情小說就是一條再方便不過的捷徑！這些資訊，小說裡統統都有。」
「原來如此！」
「所以別再說這是女生愛看的書，想追女孩子的人更該看。」
曾靖南肅然起敬，拉起我的手，「聽君一席話，勝讀十年書啊。」
「知道就好，」我甩開他，「來，連我的一起，去結帳吧。」
「連妳的一起結帳？」

「告訴你這麼專業的建議，不用回報啊？」

「也是，那就送一本給妳吧。」

曾靖南後來陪我等到可薇來之後，打了招呼才走。仔細想想曾靖南的爽朗個性真的很討喜，只可惜探了幾次可薇的口風，可薇都說對曾靖南無感。

「他的形象在打開情書的那瞬間已經根深柢固、牢不可破了。」回家的路上可薇笑道。

「唉真是一失足成千古恨的代言人耶他。」

「不過我感覺得出來曾靖南個性滿好的，而且外型很不錯，其實應該喜歡他的女生也不少。」

我點點頭，「好像是，他說上星期還有天真無邪小高一來跟他告白哩。」

「我想也是，陽光運動風帥哥畢竟還是挺受歡迎的。」可薇事不關己地談論著。

「對了，妳今天玩得如何？」

「喔，」可薇好像沒想到我會忽然改變話題，停了幾秒才回答，「滿一般的，沒有想像中好玩，早知道應該跟妳一起去看電影。」

「是喔。」

「不過，如果社團朋友約的時候常常拒絕，有一天他們就不會再約了。所以有時候即使不太想去，還是會打起精神配合一下。」

可薇所說的可以理解，不知道是不是我們這年紀的女孩子，沒有歸屬團體，就會覺得沒有安全感。

回想起來我似乎也經歷過類似的情況，特別是可薇剛來我家的時候，那時媽媽說如果跟朋友出去一定要帶可薇一起，有的朋友不喜歡陌生人突然加入，就慢慢疏遠了。

等意識到朋友們都漸行漸遠之後，我好像也就這樣接受了事實，然後就變成曾靖南口中「沒朋友」的人。後來上了高中，同班同學都知道我跟可薇和姊妹一樣，也因此沒有什麼特別要好的死黨，「反正裴松兒總是跟黎可薇一起」這種印象深深地烙在大家心中。

沒什麼不好的，也許我本來就是一個孤僻的人吧。

□

回到家時充分感受到了「宴會剛剛結束」的氛圍，可薇喝了杯果汁後上樓洗澡，而我則被爸爸叫到他的書房。

「今天鐵腿叔叔來了喔。」爸爸坐在他的深黑色牛皮高背椅上說道。

鐵腿叔叔是爸在軍中的同袍，跟爸是「死忠兼換帖」的好朋友，算是從小看我長大的長輩；之所以叫作「鐵腿叔叔」，是因為他曾經發生過重大車禍，兩腿骨折後都上了鋼釘，小時候他每次來我們家玩，總是會把我抱到他腿上，說「叔叔的腿是鐵做的唷，有沒有厲害？」、「因為叔叔是變形金剛」之類的話。

「是喔，那幹嘛趕我跟可薇出去？又不是不熟。」

「還有鐵腿叔叔的大哥和他大哥的兒子啊，這就沒見過了吧。」

「這倒是。不過爸跟我講這個幹嘛？」

「鐵腿叔叔大哥的兒子，也就是鐵腿叔叔的姪兒，現在是妳們學校的數學老師喔，看起來是個很不錯的孩子，爸爸想請他來當妳的數學家教。」

「呃……」

「妳呀，只有國文好考不上好大學的，」爸爸笑道，「我跟妳媽都是理工科畢業的，數學底子都不錯，妳怎麼一點都沒遺傳到呢？」

「那我大概是隔代遺傳吧，聽說爺爺還挺會寫詩的。」

「如果又會寫詩數學又好，那不是更好嗎？」

「可是家教，我覺得好無聊……不然，我去補習？」

「都開學了才去報名怎麼會有好位置，就試試這學期吧，看看妳適合上家教還是去外面補習。」

我還想掙扎，「可是、既然是學校老師，這樣偷接家教補習不會違法嗎？」

「他還不是正式老師，也許明年他就不教了，回學校念博士班。說到這個，爸爸給妳選的老師不會錯的，他跟爸爸念同間研究所呢。」

「……我知道，就是那種即使我指考瘋狂作弊也一樣考不上的好學校嘛，哼。」

「誰說的，妳可是爸爸的女兒，爸對妳有信心。」

「這是壓力！」我笑著向爸爸撒嬌，「你給我壓力！」

「沒辦法，妳呀，平常太混了。」爸爸忽然斂起笑，「不過，妳可要好好的尊師重道，知道嗎？」

「好啦，對方很嚴肅是吧？」

爸爸笑了開，「嚴不嚴肅不清楚，不過爸覺得他頭腦很好，應該能用淺顯易懂、比較不老套的方法教會妳吧。」

事已至此，我只好聳聳肩，「希望囉。搞不好我這笨學生會讓老師教到想哭也不一定。」

「到時鐵腿叔叔一定會替他姪兒教訓妳的。」

「哈我好怕喔。」

「好了，妳回房去休息吧。家教的時間跟地點確定後再告訴妳。」

「好，那我先回房了，爸晚安。」

「晚安——啊，對了，」爸忽然叫住我，「松兒啊，那位老師長得很帥喔，又高又帥。」

「呃。為了激起我對數學的熱愛，連這種招數都使出來了嗎？」

「爸爸要說的是，高中女生總是有些少女情懷——雖然這話題也許妳媽跟妳談比較合適——總之，讀書時就好好讀書，知道嗎？上大學後多的是戀愛機會。」

「好啦爸你不用擔心，任何跟數學扯上關係的人事物我都沒興趣。」

爸點點頭，「好了快去睡吧，晚安。」

□

「——所以啦，我今天要去上家教。」站在腳踏車棚我對曾靖南說道，「約在車站前那家星巴克。」

曾靖南認同地點點頭，「是喔，好可惜，本來想謝謝妳，想請妳去吃東西的。」

「謝我？謝我什麼？」

「我聽了妳的話，好好研究了《公主不戀愛》和亮亮魚其他小說，真的領悟到很多事耶，託妳的福，現在比較知道女生在想什麼了。」

「你還找其他的來看？」是有必要這麼認真嗎？而且其實我只是說好玩的……

曾靖南大力點頭，「男生跟女生，對戀愛的想法跟解讀真的完全不同。」

「……是沒錯。」這樣聽來他的領悟好像還不壞。「欸不聊了，時間到了，我可不想第一次上課就遲到，這可是我爸欽點的老師，到時跑去告御狀我就慘了。」

「好吧，那下次再跟妳分享讀書心得。」曾靖南笑道，「路上小心，別欺負老師喔。」

「這是該對朋友說的話嗎？好啦改天見，Bye！」

「Bye。」

在星巴克後方的巷子停好腳踏車，我揹著書包想著新買的超大本計算紙和數學專用筆記本，有種沒來由的傷感。

還以為高中三年都不用補習，沒想到最後還是逃不過。

也是啦，我不像可薇，不必補習也永遠都是前三名，要是想念省錢一點的公立大學，好像補習的代價還是少不了的。

走進星巴克我隨便點了杯冰咖啡，正要轉身上樓時卻被叫住。

「妳怎麼會在這兒？」

「是你？」

「裴——」何慕桓先是一怔，之後揚起禍害了不少女學生的魅力笑容，「裴小姐？裴振群先生家的千金？」

我往後退一步，「別、別跟我說你是鐵腿叔叔的姪兒……」

「原來永遠搞不清楚正弦餘弦正切餘切的人就是妳。」何慕桓毫不在意他所站的位置正是樓梯口，也不在意櫃檯前還一堆人排隊加上三四個店員，就這樣放聲笑了開。「看來，新戰爭要開始了。」

何慕桓拿出他帶來的測驗卷，放在我面前，「先寫完這張。」

「還沒教就考試？」

「不知道妳的程度，我怎麼教？」何慕桓壞心地微笑，「——雖然上週六在妳家吃飯時，令尊令堂已經形容過妳數學悲慘的程度，不過畢竟聞名不如見面，妳就以平常心寫吧。」

「寫就寫。」

可惡因為一直都不知道何慕桓是哪一科的代課老師，所以從沒聯想到他身上去，我這個白痴，難怪數學學不好——我早該想到鐵腿叔叔也姓何、我早該想到我們學校能稱得上帥的老師不到三個，能叫「又高又帥」的一過濾也只剩何慕桓了！是啊，我是笨蛋，徹徹底底的笨蛋。

拿出鉛筆、小型削鉛筆器和橡皮擦，我一面心中含淚地把鉛筆削尖，一面覺得人生黑暗世事無常，而何慕桓只是很舒服似地靠著椅背，彷彿在看什麼舞台演出似的。

「……妳沒有自動鉛筆嗎？」

「我有啊。」

「那幹嘛用鉛筆？還要削，多麻煩。」

「我需要一邊削鉛筆一邊來平靜心情。」

「當我的學生有恐怖到需要平靜心情嗎？」何慕桓一臉不悅。

我怕你以為我動用關係請你來當老師只為了倒追你啦。

當然，這念頭可不能宣之於口，我只隨便答道：「沒上過家教課，會緊張。」

「是嗎，我也沒當過家教，大家都是第一次，這樣比較不緊張了吧？」

「還是緊張。」唉其實並不是緊張，只覺得老天在玩弄我而已。「好了不要跟我講話，我要開始寫了。」

「呵，慢慢寫吧。」

△ABC中，$5a+2b-5c=0$，$3a-12b+8c=0$，求 sinA：sinB：sinC。

△ABC中，若 $a^4+b^4+c^4=2c^2(a^2+b^2)$，求C。

如右圖，三個正方形，求 $\alpha+\beta+\gamma=$ ＿＿＿＿＿

……

二十五題，我很快就寫完了。

因為大部分都不會寫。

我把多處空白的考卷放在何慕桓面前，安慰自己要是都會寫還要家教幹嘛，同時覺得真的好丟臉。

何慕桓並沒有認真批改，僅是快速地看過一次。

他放下考卷，用依舊漂亮但此刻我沒心情欣賞的眼睛望著我，緩緩開口，「空白的題目是完全不會、還是很沒信心就不寫了？」

「看得懂的，我都有算。」只是答案對錯就很難講了……

「好了，幹嘛低頭，我又沒罵妳。」不知道是不是我的表情太慘，何慕桓用相當溫柔的語調說，「沒關係。」

但還是很丟臉。

而且明明已經覺得丟臉了，卻還是沒有「可惡我要認真學好數學」的心情出現，嗚嗚嗚我也太不長進了吧。

何慕桓大概是想讓氣氛輕鬆點，「聽說妳只有數學需要加強，其他科目都在平均水準之上，尤其是國文。」

「可是數學最重要啊，其他科好有什麼用。」

「數學很重要，但出社會之後國文更重要。如果國文不好，就沒辦法好好表達自己，這樣一來，就算自己再有能力或才華，對方也不見得感受得到。」

「既然這樣那我們下課吧，反正我已經有出社會派得上用場的國文實力了。」

糟了竟然脫口而出。

何慕桓輕輕皺眉，「……妳很會得寸進尺嘛。」

「我哪敢……」說說而已幹嘛當真。

「妳的咖啡，喝完沒？」

「還沒耶。」都在寫考卷哪有時間喝。

「喝完吧，喝完就走。」

「走？去哪？你一題都還沒教我耶。」

何慕桓耐著性子說道：「今天先帶妳去買參考書和補充教材。」

「可是我家有參考書了。」

「妳老實說妳寫過裡面的題目嗎？」

呃可惡。「——沒有。」

「我會找找比較適合我們教學用的，妳家的就放著吧。」

「喔。」這人今天還真有老師威嚴啊，哼。

結果咖啡並沒喝完，就被何慕桓帶去書店。

車站附近有許多補習班，而在這些補習班附近的書店，幾乎都只進學生會買的商品：參考書、漫畫、小說和文具。反正是何慕桓要挑教學用書，就算我跟前跟後也不能幹嘛，於是走到文具架上試寫各式各樣的鋼珠筆和中性筆，寫了兩句張國榮的歌詞，順手還畫了個愛心……

但願我可以沒成長　完全憑直覺覓對象

模糊地迷戀你一場　就當風雨下潮漲

「字挺漂亮的。」何慕桓不知何時走了過來，嚇我一跳，「妳還真的有在聽張國榮的歌。」

不然呢？嘴巴上說喜歡張國榮然後都聽魔力紅這樣？

「妳知道這首〈有心人〉是張國榮自己作曲嗎？」

我回以微笑，「我還知道詞是林夕填的呢。」你現在是把我當白痴對吧？

如果真的太好　如錯看了都好　不想證實有沒有過傾慕

是無力　或有心　像謎　像戲
誰又會　似我演得更好

「總之，看不出來妳的字比想像中好看。」

何慕桓這評價讓我極度想揍人，你老實說你到底把我的字想成多難看？我在你印象中就是個連字都寫不好的人是吧？

不過還是客氣了一番。「你的判斷不準啦，又不是教國文的……」

「雖然我不是教國文的，但我收過很多高中女生的情書，看的字也不算少——妳的字算漂亮的了。」

「呃，」原來判斷標準竟然從這種地方來，「可是，你不是說你不會看嗎？」

那天第一次在頂樓上見面時他對那個淚奔女生和對我（雖然完全是誤會）都是這麼說的。

「早期多少會看一下，但後來想到看了禮貌上就得回信，索性連收都不收，這樣就不用看了。」挺輕描淡寫的嘛你。

這時，我突然想到曾靖南說過的事，不禁叫道，「等一下，聽說你還把人家二一五女生寫給你的信當面撕掉，很壞耶你。」

何慕桓雙手抱胸，好整以暇地看著我，「很關心我嘛，連撕信的事都知道；說妳沒暗戀我，好像沒可信度啊。」

哼我既然已經知道你是鐵腿叔叔的姪兒，現在可不怕你了。「我要跟鐵腿叔叔說你性騷擾。」

「去啊，那我就跟妳爸說妳送情書給學校老師。」何慕桓拋出相當邪惡的笑，接著裝模作樣地嘆口氣，「唉，少女情懷總是詩，本來我也不忍心責怪妳。」

我忍不住跺腳，「就說沒有了嘛！」

「沒有什麼？」

「喜歡你啦！」

「所以有嘛，剛剛明明就說了『喜歡我』，自己承認了不是？」

我真是不知道接什麼話才好，「……我爸還叫我尊師重道，他真的看走眼了。你這種行為叫調戲女學生懂嗎？」

何慕桓大笑幾聲，一走進店裡已經很引人注目了現在更是眾人目光焦點，他笑完瞬間換上正經八百的表情，「要買那幾支筆嗎？拿來，一起結帳。」

「哼，要買我自己會買。」把筆一支支全部都放回陳列架，可惡。

何慕桓一臉故意，「真的不買？」

「不、買。」

「那我去結帳囉？」

「……」

要去就快去煩死了。

就像何慕桓在星巴克裡所說的，看來新的一場戰爭，又要開始了。

可是，我為什麼連上個家教課都得這麼辛苦啊？為什麼？！

家教果然很可怕。

買參考書後還有時間，我跟何慕桓又找了另一家咖啡店坐下來，何慕桓勾了幾個重點習題，一邊解釋一邊計算，說明這些題目的用意。

不知道是不是上了整天課已經很累、還是我對數學真的相當沒愛，聽著 $\sin\theta$ 和 $\cos\theta$ 什麼的不停交錯在空氣裡飄來飄去，我竟然有種被催眠的感覺，睡意慢慢地籠罩了我。

「喂！」

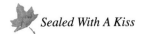

「好痛！」我捂著額頭，完全不知道發生了什麼事，「你、你——」

何慕桓縮回手，沉聲說道：「再打瞌睡給我試試看。」

「你可以用叫的嘛……幹嘛彈人家頭……」

「體罰，不行嗎？」

「哼。」

「剛剛跟妳說過，三角函數的倒數關係，妳寫一次看看。這個非背不可。」

「……喔。」剛剛有教嗎？唉真的好睏。

我一面寫一面忍不住打了個呵欠。

而何慕桓竟然笑了出來。

「笑什麼？」

「我不能笑嗎？」

「哼。」

「妳知道妳很沒禮貌嗎？我可是妳老師，當學生的對老師說『哼』，不想活了嗎？」

是嗎？那就馬上加重語氣、再來一次。「哼！」

「額頭過來。」

「幹嘛？」

「『哼』一次就體罰一次。」

「喔唷已經很笨數學都學不會了，不要再彈了啦。」我不禁用雙手護住額頭。

笑什麼啦？！

何慕桓又笑了，他是那種眼神也會跟著笑的類型；像是午夜時分的藍黑色星空，他的眼睛總是帶著一種靜謐而浩瀚的美，像是包含了整個宇宙似的，愈看會愈感到不可思議。

「這次不打瞌睡、換發呆了嗎？」何慕桓伸出手，作勢要彈我。

我沒好氣地說道：「不要吵，再吵我就寫不出來了啦。」眼睛漂亮了不起喔？我左腳腳趾也很漂亮啊怎樣怕了吧！

何慕桓以誇張的方式嘆口氣，「倒數關係是三角函數裡最基本的恆等式，也不過才三條公式，如果連這都背不了，妳數學算是完了。到時就算妳國文程度強如李白也一樣考不上第一志願，明白嗎？」

「……」

「我都不知道妳開始上家教耶。」可薇捧著熱牛奶說，「是鐵腿叔叔的姪兒來教？」

「我跟妳說，真的是孽緣……妳知道鐵腿叔叔的姪兒是誰嗎？妳也認識的人。」

可薇側著頭，「連我都認識？怎麼可能……我不……想不到……」

「提示，鐵腿叔叔的姪兒是我們學校的老師，而且鐵腿叔叔姓『何』！」

「不會吧？！何慕桓老師？」可薇大驚，牛奶差點灑出來。

「唉妳一聽就抓到重點，馬上想到是那傢伙，結果我這個笨蛋是到了現場才發現，超悲催。」

「……可是，這樣好嗎？」可薇笑笑，「我說說妳別當真喔。我的意思是，姨丈都不擔心妳會喜歡上何老師嗎？如果是女老師或者像老蔡那種型的老師也就算了；讓這麼年輕這麼帥，而且幾乎收過全校女生情書的人來當自己女兒的家教，姨丈跟阿姨不會在意嗎？」

「我們裴家，異常開明、異常開明啊……」

「不過，好像就算很奇怪的大叔也能跟高中女生交往，之前不是有什麼學校保全還是校車司機跟女學生交往的新聞嗎？跟外表也許不是那麼有關。」可薇說道。

我隨興應著，「我相信什麼校車司機還是保全先生個性一定比何慕桓好很多。」

拉開筆袋拉鍊，我將鉛筆拿出來在桌上排好，從左到右，從短到長，然後拿出從小一用到現在的手動削鉛筆機開始逐支削起。

「我一直很想問，為什麼妳都不用自動鉛筆，而是喜歡鉛筆？」可薇坐在我床邊，又大又亮的黑眼睛像洋娃娃一樣。

我想了想，「不知道耶，只覺得削鉛筆的時候可以讓心情平靜，什麼都不想。有時煩心的事，就像這些鉛筆木屑，削完清空時一併丟棄……這算是療癒的一種嗎？」

「好像是耶。都不知這樣還可以消除壓力。」可薇忽然笑出來，「可是松兒，妳看起來實在不像有什麼壓力的樣子哩！」

我正色道：「所以說人不能只看表面。」

可薇把牛奶喝完，「是啊，人不能只看表面……人心這種東西，很難說的喔？」

「本來就是。」

「這樣說的話，老是把來告白的女學生推得遠遠的何慕桓老師，說不定也只是假裝囉？」

「有可能。」火星都可能有生命了這世界上還有什麼不可能的事。

「也許，那些跟他告白的女生，他都看不上眼？」

「這也很有可能。」八成在等像男性向動漫裡那種胸部可以撐爆制服的女學生來告白（我還真是惡毒哈哈）。

「……妳覺得，女學生跟老師的組合，怎麼樣？」

「雖然不是很主流但還是有市場吧。就像妳說的，學校保全和校車司機先生要追女高中生也都追得到，何況老師還是教官什麼的。」大概真的就像戀愛電影裡演的，只要喜歡上了都一樣，跟身分或職業沒有什麼關係。

「我知道，我的意思是，松兒會排斥師生戀嗎？」

「如果追我的老師長得像張國榮或者克里斯．伊凡就不排斥。」剛好削完最後一支筆，「開玩笑的。我覺得還滿奇怪的吧……沒很認真想過這件事……最基本的就是年紀，年紀差很多的話，會有代溝。」

「對耶，畢竟年齡會差很多，喜歡的東西和流行文化背景都會不一樣。」可薇流露出認真思考的神情。

「……為什麼會突然問我這些啊？」

可薇有點閃神，但微笑著，「好奇啊。想知道為什麼那麼多女生去跟何老師告白，應該不是單純因為他帥吧。」

難不成會是因為他過度自戀還是難搞嗎？

「不知道耶。」我說著，然後把何慕桓買的數學參考書拿出來，準備放上書架，「……不會吧？！」

「嗯？怎麼了？」

「這、這兩本參考書——」

可薇把頭湊近，「怎麼會有兩本一樣的數學第三冊？」

「……」

更哀傷的是我書架上的這本還比較新，連一點被翻閱的痕跡都沒有。

我這能怪誰呢？

只能怪自己從來沒打開參考書寫過題目，所以才會連自己的參考書長什麼樣子都不知道……然後讓何慕桓買了一本一模一樣的。

唉我這白痴。

□

因為考試而能在中午放學的日子總是讓人開心。

我把書包放在腳踏車前籃，看看四周。

一邊張望，一邊警覺自己好像不該這樣。

最近因為太常跟陽光無腦美少年曾靖南一起回家，所以已經不知不覺地開始養成會等他的習慣。

不妙，這樣下去不行。

我跟他又不是什麼特別關係，而且已經有同學發覺我和曾靖南時常走在一起，還因此來關心探聽過了。不管「陽光」還是「無腦」都無所謂，大家更在意的還是「美少年」的部分吧。

騎到半路，因為陽光下的噴水池太漂亮，所以我彎進了公園。

那是在學校和家中間的一座公園，正中央有一座很像從巴黎還是佛羅倫斯偷來、一點本地氣息都沒有的噴水池，噴水池附近有著公園必備的長椅和運動用水泥空地，還有像是從英國倫敦搶來的古典造型街燈。我下了車，推著腳踏車走進公園。

雖然天氣很熱，不過還是停好腳踏車，在長椅上坐了下來。

白色水花形成小彩虹。

我拿出手機想拍，但卻看到兩通未接來電。

——喂？

——妳回家囉？

——在路上。

——是喔，本來想問妳和黎可薇要不要一起去車站那邊。

——可薇今天有事啦。

——那妳呢？

——我已經在回家的路上啦。

——那就是還沒到家的意思。

無腦人變聰明了耶。

——可是我懶得去車站那邊……等等就要回家了。

——現在呢？我是說妳現在在哪？

——在上次路過的公園，有噴水池的那個。

——喔好，等我喔，待會見。

陽光無腦美少年很快就出現了，一看就知道用跑的，還滿頭大汗。

除了書包之外手上拎著一小袋白色的不明物體。

「給妳，妳跟黎可薇一人一半。」

「這什麼？」

「北海道牛奶巧克力，我爸出差帶回來的。」

「是喔，謝謝。」巧克力耶。

「聽說很好吃喔。」

「聽說？你沒吃嗎？」

曾靖南搖頭，「我爸只買兩盒，一盒給我妹，一盒給我，我想說我這盒就送妳和黎可薇。」

我拆開紙袋和印著北海道風鈴草圖案的小紙盒。

「這麼急著吃嗎？」

「對。」

我費了一些工夫才終於拿出銀色糖果紙包的巧克力球。

曾靖南笑道：「慢慢來，不要急，看妳這麼喜歡，不然都給妳吃好了，下次再買其他東西送可薇。」

好不容易拆開銀色的糖果紙，裡面是看起來很平凡但充滿牛奶香氣的巧克力球，我對曾靖南說道：「嘴巴張開。」

「幹嘛？」

「張開啦。」

「妳要幹嘛？」

「那你自己吃。」我把牛奶巧克力球舉高。

「給我吃嗎？」曾靖南一臉不敢置信。

「你爸山遙水遠帶巧克力回來是為了給『你』，結果你竟然一顆都沒吃到，這樣我怎麼好意思收啊？」

曾靖南沒講話，用非常大而閃亮的眼睛注視著我，那雙眼帶著笑，上揚的眉真的很清新帥氣；這人，再過幾年也會是讓許多女生掉進愛情陷阱的可怕禍水吧。

「……我沒被女生餵過耶。」在巧克力快要開始融化、我也開始手痠後他終於說話。

「那怎樣？」

「妳餵我吧。」

是沒差，反正剛剛本來也打算這麼做。「我沒洗手喔。」

「沒關係。」

「那，臉靠過來，嘴巴張大，啊——」

「啊——」

像丟垃圾（大誤）似的牛奶巧克力球順利進洞（再誤）。

「好吃嗎？」我用指尖把銀色糖果紙弄平，對摺再對摺。

「嗯，很香濃，裡面還有脆脆的，像米果一樣的東西。要吃嗎？換我餵妳。」

「不用啦，我帶回家跟可薇一起分。」算了一下巧克力的數量，我再拿一顆給曾靖南，「這樣就剛好是雙數。」

「需要算得這麼精準嗎？」

「嗯，才不會吵架。」

曾靖南看著我的動作，「在摺什麼？」

「這個。」我唯一會摺的也只有紙鶴而已。

「鳥耶。」

「怎麼聽起來很俗的樣子，是紙鶴啦。」

曾靖南從我手中拿出銀色的紙鶴，玩著它的翅膀，「……裴松兒。」

「嗯？」

「忽然很好奇。」

「好奇什麼？」

「妳為什麼是NPC、不是女主角？」曾靖南又把臉湊近我，「因為不夠漂亮嗎？」

「你這人很失禮耶，不是說我沒朋友就是說我當配角、NPC，現在還說我不夠漂亮，你這是對朋友的態度嗎？」

天哪這句根本就像極了何慕桓老是重複的**妳這是對老師的態度嗎**。悲哀。

「……突然覺得其實妳也不錯。」

所以之前覺得我很糟是吧？

「謝謝喔。」我沒好氣地應了聲。

「不客氣。」曾靖南揚起笑。

我不是真的在感謝你啦無腦人！

「妳有收過情書嗎？」

我瞪了曾靖南一眼，「有啦。」只不過是小學五年級的事。

「是喔，我們學校的嗎？」

「不是啦。」我念的國小跟高中又不是同一間！

「那結果呢？」

「沒結果啦你問這幹嘛？」你覺得兩個小五生能有什麼結果？

「關心朋友啊。」

「你關心自己比較重要。」我把巧克力重新收好，放回小紙袋，從長椅上站起來，「我要回去了。」

「喔。」曾靖南竟露出依依不捨的表情。

「謝謝你的巧克力，我會在可薇面前稱讚你的。」

曾靖南笑了開，「不用啦，又不是想用巧克力收買妳。」

「也是，我可不會輕易被收買。」

曾靖南忽地舉起手，停在半空中，他訕訕一笑，「妳，頭髮。」

「頭髮？」

「前面，靠近額頭的地方……有白白的……」

我伸手，捻下一片不知從何而來的小白花花瓣，「花瓣。」

「現在沒有了。」曾靖南伸了個懶腰，手長腳長就是比較吃香、襯畫面。

不管再怎麼看，都覺得這個人實在是陽光無腦美少年，太適合沐浴在陽光下了。

「對了。」

「嗯？」

「妳手機的鈴聲，到底是什麼歌啊？」

「張國榮的歌。」你根本不知道他是誰吧？

「他是誰？」果然。

「等你知道他是誰的時候，再跟你講是哪一首。對了，順便附贈你一個情報，可薇的手機鈴聲是泰勒絲的 Blank Space。」

「是喔。」

「那我走啦，再見。」

「再見。」

□

中午午休結束後，數學小老師許靜瑜突然挨近我身邊，「松兒！」

「嗯？怎麼了？」

「妳跟二二五的曾靖南在交往對不對？」

「這星期妳已經是第三個這樣問的人，而這也會是我第三次回答——『沒有』。」

「沒有？哪可能……他不是常常都等妳放學一起回家？」

無腦人就是這樣老是給別人帶來麻煩，就說他糾纏錯人了嘛。

「沒有啦，只是朋友。」

靜瑜不太相信，「是嗎？」

「怎麼會想問這件事啊？」換我發問。

「有人託我問的。」

算了我也不在意，「曾靖南喜歡可薇啦。」

「是喔！」靜瑜驚呼一聲，「原來如此。」

「所以常常跟我要情報，懂了嗎？」

「呵，」靜瑜似笑非笑，「辛苦妳了，跟黎可薇當姊妹。」

幹嘛那種表情？

好吧，我也知道許靜瑜不是很喜歡可薇，兩個人常常爭第一名。

「嗯，松兒啊……」靜瑜這次又換了種笑容，「上星期我在車站附近的樂雅樂看到妳耶。」

「喔，好巧喔。」

「妳為什麼會跟何老師坐在一起啊？」

雖然那傢伙只是代課老師，不過如果被校方知道在外面接家教，還是會造成困擾吧？

「喔，他啊，是我爸朋友的姪兒。」嗯很好，我沒說謊。

許靜瑜圓睜雙眼，沒發出聲音，半晌才說道：「真的嗎？」

「不相信的話可以去問他。」

「那妳跟何老師算熟嗎？」

怎樣算熟？

他的襯衫躺在我房間，這樣算不算熟？

當然我才沒這麼無聊講出這種自找麻煩的蠢話。「不知道不清楚不了解不要問我。」

「真的假的？」

「妳要幹嘛？」

「呵，沒有要幹嘛，只是了解一下而已。」靜瑜忽然拍拍我的肩，「沒什麼、沒什麼啦。」

回家前傳了 LINE 給陽光無腦美少年叫他千萬別出現。

再這樣下去連我都會懷疑他其實暗戀我。

當然這只是說好玩，任何有眼光的男生都還是會選可薇，這就是職業 NPC 我跟一學期能收到九封情書的女主角可薇之間的差別了。

騎著車我繞到離家約四十分鐘車程的河濱公園去。

今天是發考卷的日子，也是家教的日子，但是我已經下定決心要蹺課。之所以蹺課，是因為這次的數學考得不好，想也知道會被何慕桓惡整一頓，不然就是被言語攻擊。

唉我怎麼就是學不會呢？

也是啦，連續買了兩本同樣參考書的我確實很不用心，而且到目前為止的家教效果好像有點詭異。所謂的詭異就是，我發覺我吵架的實力有顯著提升但數學成績卻沒什麼改變。

搞屁呀我又不是來參加吵架特訓班的！

都是何慕桓不好啦！

——在哪？

手錶指針已經到了上課時間，何慕桓理所當然地傳了訊息來。

我把手機調成飛航模式，戴上耳機開始聽歌。

好光陰　縱沒太多　一分鐘那又如何
會與你　共同渡過　都不枉過
瘋戀多　錯誤更多　如能重新做過
我會說　願能為你　提前做錯

停好腳踏車還沒走進巷子就看見過度醒目的何慕桓站在離家門有一段距離的停車場空地前。雖然是平日但還是穿著體面，不管是半挽起衣袖的鐵灰色襯衫、具有漂亮光澤的經典款西班牙牛皮皮帶，還是顯得腿很長的鬼洗牛仔褲和雕花牛津鞋都好，看起來並不是隨便穿穿就出門。要當個成功的男神果然不容易。

既然我都看到他了，他當然也看見我。

何慕桓臉上直接寫著「妳給我過來解釋」。

但我這個時候走向他，不就前功盡棄了嗎？

才不要。

就是為了不想看見他才蹺課的還走過去？

我又不是瘋了。

「為什麼蹺課？」

他還沒移動腳步就已經開口，毫不在意音量和路人。

我思考著從巷子哪邊逃比較容易，但何慕桓仗著腿長兩三步就來到我身旁。

「為什麼蹺課？」他又問一次。

「因為不想上。」

「為什麼不想上？」

「因為丟臉。明明都上了家教課還是學不會，考很糟。」

「看著我。」

「不要。」其實沒臉見你可以了吧。

「我說看著我。」每次他一命令，我就本能地配合，真悲哀。何慕桓望著我，「是有多糟？」

「超級糟。」

「那是多糟？零分？」

你是有多瞧不起啊我？「沒那麼糟啦！」

還零分咧，零分很難的好嗎，一題都不能答對你以為很容易啊？

何慕桓嘆口氣，「好，只要妳考十分以上，我就不生氣。」

「你還真是相當瞧不起我耶！」換我生氣了，「我考六十九啦！六十九！」

何慕桓瞪大眼，「六十九？很好啊！以妳的程度能及格不容易啊。」

你對我的標準竟然這麼低！考及格不容易是嗎？！「到底在你心裡我是有多笨啊？！」

「嗯、可以說相當沒有數學天分。」何慕桓竟然勾起相當有殺傷力的笑容，「比我預測的分數還好，很好嘛。」

「……你這樣不覺得愧對我父母嗎？上了家教課再怎麼說也該考個八九十吧？！我都覺得我在浪費生命浪費錢了。」

「妳國文很好對吧？」

「還可以啦問這幹嘛。」

「如果有人問妳學好國文的訣竅，妳會怎麼回答？」

「嗯……」我想了想，「就平常多看書，課內課外都好，古文也要多看，古典小說也可以看看……久而久之，程度就會慢慢提升，不是說拚命死背就可以馬上進步的，那是種『語感』。」

何慕桓露出訝異的表情，「沒想到妳回答得這麼好！果然不是一般的黃毛丫頭。」

「你真的真的真的很瞧不起我耶。」頭髮黑了不起嗎？

「就像妳說的，國文程度不是一朝一夕養成，數學也一樣。除了少數那種直接可以得獎的數學天才，一般人想要數學好，必須每天算很多題目才行。這不是就跟讓國文變好的方法大同小異嗎？」

沒想到老師果然是老師，平常那麼吊兒郎當，竟然還能說出這番道理。「所以，我練習得還不夠多嗎？」

何慕桓伸手非常輕地彈了一下我額頭，「不過才上了三次家教課就想成為數學天才，有沒有這麼容易啊？有看過誰背完五首唐詩就敢挑戰李白嗎？」

「……哼。」我硬要搶白，「說不定就有！」只是一定會慘敗而已。

「真是。」何慕桓大概是氣結，「簡單來說，沒考到八九十分就是妳蹺課的原因？」

「是可以這麼說啦。」

但也有一點點就是不想見到你。

不要問，我也不知道為什麼。

「妳等下要幹嘛？」

「沒幹嘛，發呆吧。」

「看樣子今天也不太適合上課……走吧。」

「走去哪？」家門就在眼前，讓我回去不好嗎？

「慶祝裴松兒同學成功過了老師設定的四十分門檻，要獎勵妳。」

獎勵？這個詞聽起來很不錯。

不過——

「四十分？！四十分？你是認真的嗎？」你覺得我連四十分都考不到？！「欸我還沒開始家教課之前就至少能考個五六十耶！」跺腳，不，現在光是跺腳已經不足以表達我的憤怒了。

何慕桓稍稍瞇起眼，「——看來這次出題老師可能太混，沒辦法測出每個學生的實力。」

「你不打擊我真的會很難過、會吃不下飯睡不著覺對吧？」

何慕桓瞬間擺出老師架勢，「注意妳的禮貌。」

「哼。」

「額頭過來。」

「你乾脆一次彈一百下好了，哼哼哼哼哼哼！」

「妳不痛但我的手會累。」

「哼。」

「哼。」

「你幹嘛跟著『哼』？」

「我也來哼哼看，了解一下到底這樣『哼』有什麼好玩的，不行嗎？」

「幼稚。」

「妳也知道這是幼稚行為嗎？」

可惡沒辦法反駁！

「……給我一千元。」算了隨便你啦，我伸出手，「一千元。」

何慕桓雙手抱胸，「什麼一千元？」

「獎勵啊！把錢交出來，當作獎學金吧。」還有一部分是精神撫慰金！快點把錢交出來，然後你走你的我回家睡覺。

「我不喜歡直接用錢獎勵學生。」

「那給我一張中了一千元的發票也行。」我吃點虧自己去換好了。

「快五點了……我打個電話。」何慕桓拿出手機。

——喂，您好，是裴叔叔嗎？是，我是何慕桓，今天晚上，我可以請松兒去吃飯嗎？她很認真上課，想獎勵她一下，吃完飯大概八點以前送她回家，可以嗎？

「欸！」竟然直接打給我爸，這人很壞心耶！

——不會去太遠的地方，就在車站附近……好，好的，我一定會安全地把她送回家，好，好的……別這麼說，好，謝謝您，再見。

結束通話後何慕桓揚起得意的笑，「如果妳不想告訴老師妳愛吃什麼，那就由老師來選餐廳囉。」

「……算了，」我懶得再說下去，決定提出另一個要求，「欸我想拜託你一件事。」

「嗯？」

「不要自稱『老師』好嗎？」除了偶爾出現一下的威嚴之外，你真的很不「老師」耶。

「我是妳老師沒錯啊。」

「我知道，理智上知道。但就是……」好難形容，「總之聽到你講話的時候自稱『老師』，我就覺得渾身不自在、很奇怪……」

「妳仇視老師。」

「哪有。」

「叛逆。」

「哪有。」

「反社會。」

「最好是反社會啦。」如果你等於社會、社會等於你的話那有可能。

「鐵板燒？還是牛排？」何慕桓已經毫不在意地進行到下一個話題了，他轉身走了幾步，回頭，「不然我自己決定。」

「等一下啦！」

鐵板燒好像不錯，可是我也想吃石鍋拌飯……但是，身為一個貧血的高中女生，吃點牛排補充鐵質好像也很不錯。

我快步追上何慕桓，走在他身後。

「……有想到要吃什麼嗎？」

「想吃石鍋拌飯，但也想吃牛排。」

何慕桓停下腳步，露出誇張的表情，「看不出來挺能吃的嘛。也是，第一次見面就被妳跪在身上，肋骨都不知道斷成幾截了。」

「小心眼，記仇。」

「裴松兒同學，雖然我可以不自稱『老師』，但不代表妳可以沒禮貌。」

「是——」我拉長音，甜笑，「『您』，真會記仇——這樣，夠有禮貌了吧？！」

後來去吃了韓式料理，既有石鍋拌飯，也有烤牛小排。

何慕桓倒是不小氣，還點了烤五花肉。

「烤五花肉耶，是要用生菜包吧？」考六十九分可以吃韓式料理，不知道用功一點考九十六分是不是能換到法國菜。

「妳看韓劇嗎？」

「偶爾。」

「知道張國榮在韓國發過專輯嗎？」

「知道。」雖然很愛張國榮，但我忙著夾泡菜，韓國筷子用不慣啊。「他在韓國很有知名度的樣子，好多韓劇裡都有提到他。」

「竟然連這種事都知道，妳真的是活在上個世紀。」何慕桓雙手抱胸看著我，「老實說妳跟同年齡的女生沒什麼共通話題吧？該不會沒什麼朋友？」

奇怪了你們！

先是曾靖南然後是你，我是長得一臉「走開別煩我」「朋友就是少」的樣子嗎？

沒朋友沒朋友對啦我是沒朋友，這樣你很高興嗎？看你的樣子也不像交遊廣闊還好意思說我。

「你朋友很多嗎？」

「我？好朋友一兩個，其他都是點頭之交，朋友很少。」

我不禁怒道：「那你還對我指指點點的。」

何慕桓輕佻一笑，「我無所謂，但是高中女生如果人際關係不好，聽說都會很苦惱。啊，不過妳可能神經比較粗，所以無所謂吧？」

「……你笑夠了沒？輕佻驕傲。」超欠揍。

「哈哈哈，」何慕桓竟然大笑，「妳也有看《家有喜事》？」

「那個也是重播排行榜的常勝軍吧。」

「真是沒想到，竟然有活在上個世紀的高中女生。」

隨便啦討厭死了。

吃頓飯也要這樣碎碎唸。

有完沒完啊。

這時，我的手機響了起來，是媽打來的，要我請何慕桓待會送我回家時進屋一下，有事要說。

「我爸媽有事找你。」我簡單說道。

何慕桓點點頭，「待會兒反正會送妳回去。對了，妳手機換鈴聲了？」

「嗯。」

為何你不懂　只要有愛就有痛

有一天你會知道　人生沒有我並不會不同

「為什麼換成那麼悲的歌？」

「我是因為這首歌才喜歡上張國榮的。」

「高中生，對這歌有感覺？妳該看心理醫生了。」

「你這麼介意我用什麼鈴聲，也該去看心理醫生了，不是嗎？」

「呵。」

何慕桓非常難得地沒反駁，他別過頭，開始忙碌地拌著石鍋飯。

「啊！」用不慣的韓式扁筷終於還是從我手中飛出去了。

何慕桓按住我，「我來。」替我撿起後重新拿了一雙。

「謝謝。」

他無聲地勾起嘴角，回到他的拌飯作業。

話匣子不知為何突然關上了，這人也真是奇怪。

我很努力地夾起牛小排送入口中，面對不講話的何慕桓（也不過才一兩分鐘沒講話）感覺相當不自在。唉不跟這人吵架就渾身不舒服，我這是有病嗎？

「何慕桓？」

相當悅耳的聲音讓吵雜的韓式料理店增添了幾分氣質，我和何慕桓同時抬頭，只見一位面容姣好，妝容有些豔麗但非常亮眼，有頭黑亮長直髮，短裙下露出雪白長腿的小姐。她年紀看起來二十出頭，大約是大學剛畢業或是社會新鮮人的樣子，她穿著長版七分袖蕾絲上衣和牛仔短裙，握著亮紫色的水鑽手拿包。

「喔，是妳。」

長腿短裙小姐像明星地將長髮撥順，「好久不見。」

「好久不見。」

「最近好嗎？」

「老樣子。」

長髮小姐這時看了我一眼，毫不掩飾地露出訝異的表情，不知道是因為我正大口吞下牛小排還是因為我一身制服。

「這位是？」長髮小姐問道。

「沒有介紹的必要。妳應該是跟朋友來吧，就不要擔誤妳的時間了，再見。」

相當無情啊這個人。

長髮小姐有些不快，但沒有發作，還是掛著明豔照人的淺笑，「是呀，我朋友在等我，你慢用吧，改天見。」

「再見。」

長髮小姐好像跟朋友約在包廂，她往店的深處走去時回頭了好幾次，雖然跟我無關，但我還是忍不住看向她。和我眼神交會時長髮小姐的眼神帶著不解，也許是沒看過這麼沒形象的高中生吧。

「拌好了。」何慕桓把拌勻的石鍋飯盛給我。

「喔謝謝……」

有鍋巴的部分特別好吃，可是超級辣。

怎麼這麼辣？！眼淚都快掉下來了。

「很好奇嗎？」何慕桓突然問道，「好奇她是誰？」

好奇是好奇但現在舌頭不行了，真的好辣。「……」

「前女友。」何慕桓自顧自的說。

很好兩人很相配我要喝水，水呢？！「……」

「怎麼不講話？」何慕桓雙手抱胸，皺起眉，「妳那是什麼表情？」

「我、我——」

被辣到了啦、這就是被辣到的表情啦！

這時候講話我會被嗆死的好嗎？！

何慕桓焦躁起來（焦躁的是我吧為什麼麥茶這麼燙），說道：「至少一年以上沒有聯絡的前女友，懂嗎？」

「好啦咳咳咳咳……」麥茶太燙，喝個海帶湯好了。

「裴松兒，妳到底在幹嘛？」何慕桓不知為何突然生起氣，「只是跟前女友打個招呼而已！」

我知道啊你在激動什麼？！

我有說你不可以跟前女友打招呼嗎？！

我有什麼立場跟你說這個啊？！

喝了一大口海帶湯之後，舌尖的刺激感總算緩和了一些。不知道從哪本書上看到，辣是觸覺而非味覺，今天算是徹底證實了這點。

「咳、咳——」

何慕桓抽了幾張面紙給我，「嗆到了嗎？」

廢話還不都是因為你！

「你、你……咳……你到底……」算了我也不知道我想說什麼，深吸了一口氣，拍拍胸口，說道：「呼！好辣，超辣，怎麼會這麼辣！」

何慕桓那雙像夜晚星空的眼睛盯著我，半晌，他別過頭去，粗暴地把他的麥茶一飲而盡後重重放下茶杯。

「妳剛剛的表情，是因為很辣？！」

「咳、不然呢？那看起來像是覺得很好吃的臉嗎？」

「……」何慕桓表情相當詭異，像是生氣，也像在懊惱。

「很漂亮，你前女友。」突然想到好像該稱讚一下，「像模特兒，真的很漂亮。」

何慕桓還是看著我，接著又是輕佻驕傲地勾勾嘴角，「也只有漂亮。」

「只有漂亮？你這是在說她壞話嗎？」

「分手時不出惡言是基本紳士風度，所以我沒什麼好說的。」

我聳聳肩，「大人的世界，像我這種小女生沒辦法理解。」

「妳？小女生？有小女生會喜歡〈當愛已成往事〉？」

因為我仍有夢　依然將你放在我心中

總是容易被往事打動　總是為了你心痛

「不行嗎？」

「妳有沒有做過臉書上什麼心理年齡的測驗？心理年齡應該高得可怕吧？」何慕桓又故態復萌，笑了起來。

「哼！」看你幼稚的樣子心理年齡一定還沒滿十八歲吧。

「……額頭。」

「不要。」

「我說過，禮貌——」

「知道、知道了啦。」

我在心裡哼就是了。

哼哼哼哼哼！

05

回家的路上何慕桓總算像個正常人了。

首先，他好像斷斷續續地陷入沉思之中，因此沒心情說些什麼刺激我的話。八成是因為見到了前女友的緣故。

不過不講話也不是壞事，應該說，我還真沒想過會有不必跟何慕桓吵架的一天，是不是應該祈禱他常常碰見前女友什麼的，好讓他變得安靜點。

「……妳很安靜。」才這麼想，何慕桓就忽然開口。

「嗯？喔。」

「都不問為什麼分手嗎？」

「問這個很奇怪吧。」再怎麼說也不是同輩，今天要是無腦人我就問了。

何慕桓看我一眼，輕淺一笑，「妳真的很奇怪。一般女生都會追問。」

「如果你需要我追問的話可以直說。」

「不用追問我也會說。」

可以不要嗎？

我不是你姊妹不想聽你心事。

「她太閃亮了，所以分手。」

「你真的要講就講完整一點。」這樣誰知道啊？

「她喜歡成為眾人注目的焦點，很享受大家的目光，跟我相反。沒有對錯的問題，就純粹生活習慣不同。」

「你沒有試圖改造她嗎？一般來說總是會有一方想讓對方配合自己。」

何慕桓停下腳步，轉頭看向走在他斜後方的我，「妳滿十七歲了沒？」

「快了。」

「一個十六歲的小女生說那樣的話很詭異。」

「這年代女生都很早熟。」國中就在談戀愛的大有人在。

「……我沒有改造她，但她試著改造我，讓我配合她的生活方式。」

「結果呢？」

「努力了一段時間，然後我不想再這樣下去，所以結束。」

我不置可否，只是發出了簡單的回應。「噢。」

「覺得我跟妳說這個很怪嗎？」

「確實正常不到哪去。」

「既然對〈當愛已成往事〉有感覺，應該可以理解我的話——我是這麼想，所以才說的。」

我不自覺輕笑，「也許你應該覺得『這小鬼根本是不懂裝懂』才對。」

「妳不懂裝懂嗎？——小心！」何慕桓忽然以迅雷不及掩耳的速度側轉身體護住我。

一輛紅牌重機呼嘯而過。

「謝謝。」嚇我一跳，拍了拍胸口。

「沒事？」

「沒事。」我搖搖頭。

何慕桓鬆開手，繼續往前，維持著走在我斜前方的節奏。

連背影都好看。

忽然間我想，同時覺得被路燈些微燈光照映的何慕桓走在靜巷裡的樣子，好適合拍下來當作那首歌的 MV。

寂寞也揮發著餘香　原來情動正是這樣

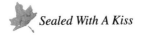

曾忘掉這種遐想　這麼超乎我想像
但願我可以沒成長　完全憑直覺覓對象
模糊地迷戀你一場　就當風雨下潮漲

一進家門就有種奇妙的感覺。

好像剛剛跟何慕桓一起走過的那段路其實只是幻覺。

說不上來為什麼會有這種感觸，只覺得有股淡淡的哀傷。

也許是聽了分手的故事，說不定。

「慕桓你來了。」爸爸在玄關迎接，很欣賞何慕桓似的大力拍著他的背。

不痛嗎這麼大力。

「來這邊坐！松兒，妳去樓上叫可薇下來，老婆，慕桓來了，煮杯咖啡，我有新買的豆子。」爸爸笑說，「專程去你上次推薦的 CappuLungo 買的，半磅曼巴，很不錯。」

很少看見爸爸這麼熱情，年輕學弟是有這麼惹人喜歡嗎？

我聽話地上樓叫來了可薇，雖然不知道為什麼要叫可薇下樓，不過這種細節好像就不必在意了。

「這次成績出來，松兒進步了一些。只上了三次課就能有進步，你教得好啊。」爸再度大力拍著何慕桓的背，哇真的不痛嗎？

「松兒很認真，不過可以再認真一點。」何慕桓笑道。

我忍不住瞪大眼，你還想怎樣？

要是你敢開口加課我就——罵你是壞人（這威脅也太弱）！

這時媽媽端來了咖啡，也坐了下來，「你辛苦了。」

「哪裡，千萬別這麼說。」何慕桓社會化得相當徹底，現在看來完全就是個正派好青年。

「剛好今天你送松兒回來，有件事想跟你談談。」爸爸很快就切入正題。

千萬不要幫我加課，拜託不要。

「是什麼事呢？」

「上次吃飯時，我們夫妻跟你提過可薇，有印象嗎？」媽媽說道，「可薇，跟何老師打個招呼吧。」

可薇欠身，「何老師好。」

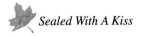

「妳好，請坐。」何慕桓看向爸媽，等著爸媽繼續說下去。

媽媽拉起可薇的手，「上次我們有聊到，可薇成績很好，比松兒好得多，一直都是前三名，不過，這次考試……數學完全失常了。可薇說，她升上高二後覺得有些吃力，三角函數什麼的就是搞不懂。」

「這樣啊，多算多解題，應該會很有幫助。」何慕桓完全是師長架勢，「我可以推薦可薇同學一些適合她程度的補充教材。」

「哎唷，那真是太好了。」媽媽高興地說道。

「不過，可薇說，她的數學真的有點跟不上，也想上家教課，」爸爸問道，「慕桓，你還抽得出時間嗎？」

「家教嗎？」

何慕桓一臉驚訝，我看了可薇一眼，她低著頭，任由媽媽將她的手抓在掌心揉捏著。

「對啊，家教。」爸爸說道，「連松兒這個數學白痴都能教，教可薇一定沒問題，可薇以前成績相當好，可能最近只是一點瓶頸。」竟然這樣說我嗚嗚嗚。

「教我們可薇的話，應該比較容易有成就感吧，呵呵。」媽媽掩口笑道，「慕桓啊，你還有哪天有空、可以當可薇的家教呢？」
「兩位的意思是，可薇同學跟松兒要分開上嗎？」何慕桓問道。
「是呀，」媽媽說道，「可薇程度很好，她跟松兒一起上課不適合，你也難備課吧？」
何慕桓的眼神快速掃過我和可薇，說道：「我最近剛好比較忙，真的很不好意思。」
「是嗎，沒辦法再抽出時間嗎？！」媽媽的表情相當有戲劇效果，充分表現出她的失望。
「那麼，兩個人一起上課如何？」爸爸倒是爽快，「這樣可薇和松兒也有伴，只是要麻煩你辛苦點準備兩套教材。」
何慕桓不置可否地笑笑，「是不麻煩。」
「那好，家教的薪水直接 Double 吧。」
「不不，不用另外收費，我想可薇同學應該需要的只是一些指導，這部分的費用就不用了。」何慕桓的神色看起來有點不情願。
後來為了家教薪水爭執了老半天，何慕桓堅持那是順便，不會帶來多少麻煩，他甚至不必再重新安排他的時間；但是爸爸跟媽媽認為多了個學生當然費用就直接加倍，不能佔何慕桓便宜。

可薇只是靜靜地坐著，偶爾微笑。

只看她一眼就能輕易明白，為什麼曾靖南和那些送情書來的男生會被她吸引，可薇纖細、文弱，像是一朵細緻晶瑩的白花，激起人的保護欲。

「——那就這麼辦，時間不早我也該告辭了。」何慕桓從沙發上站起，我們一家也當然跟著站起，要送他到門口。

「那個，妳可以拿參考書過來一下嗎？要勾幾題讓妳練習。」何慕桓以一種相當公事公辦的表情對著我說。

「好。」我轉身上樓。

下樓時聽到爸爸在玄關前和何慕桓閒聊鐵腿叔叔公司的事，也談了幾句何慕桓在研究所裡的狀況。

我把參考書和筆遞給何慕桓，「在這裡。」

「好，」何慕桓忽然揚起笑，對著爸爸說道，「我有幾件事要交代松兒，可以讓松兒送我到外面大門嗎？」

「那當然，送老師一程是應該的。」

這人真麻煩。

你到底知不知道這個時候走過院子很容易被蚊子叮啊？

我陪著何慕桓走經院子，穿過大門，他把一直拿在手上的參考書和筆還我，說道：「下次目標是七十五分。」

「喔。」壓力，這是壓力。

何慕桓抬頭，看向夜空，好一會兒才又開口，「有風。」

「嗯。」畢竟是十月了嘛，晚上總有些秋意。

「妳家附近光害沒很嚴重，」何慕桓以一種柔和的口吻說道，「有星星。」

我順著他的視線看過去，「真的。」

並不是全黑的天空，一層混合著深紫與藍的色調覆蓋著，在夜空的另一端有不明顯的星星閃耀著算不上明亮的光。正因為它不十分明亮，反而更引人注目，讓人更想努力看清。

他看了好一會兒才調回視線，「下星期開始妳跟黎可薇一起上課。」

「我知道。」

何慕桓淡淡地，「我要說的是，以往上課都是兩小時，黎可薇加入之後，前一小時妳們一起上，接著就讓她先走。如果有必要的話妳再多留半小時。」

「怎麼這樣……」這是留校察看的意味嗎？！「可是，我爸會要我們一起回來。」

「請她自己直接回家。」何慕桓語氣堅定。

「剛剛在我家怎麼不講？」

何慕桓的笑一閃而逝，「因為現在才想到這辦法。」

「這辦法？」不是很懂。

「好了，妳進去吧，很晚了。」

「喔，」想了想決定來句難得的台詞，「老師再見。」

何慕桓皺起眉，竟露出一絲苦笑，「……晚安。」

□

「今天也要騎車嗎？」可薇揹著書包站在家門前向我微笑。

「嗯，比較方便啊。」雖然一起出門，但我總是騎車，而可薇走路。

「放學後要上家教，對嗎？」

「對啊，今天在車站那邊的樂雅樂。」

「那妳今天就別騎車了嘛，這樣可以一起散步回來。」可薇說道。

……一起散步回來。

我想起何慕桓的話，「恐怕，沒辦法一起回來。」

「妳上完課還有事嗎？」

「也不是啦，是何、何老師說妳上完先走，我留晚一點。」

可薇輕笑，「我等妳就好啦。」

「不知道耶，他就說請妳先回家。」我說道，「欸其實我也不懂他到底想表達什麼，搞不好根本教不完，我看到時再說吧。」

「是呀，到時再說吧。」可薇點點頭，「如果沒辦法一起回來的話，那妳還是騎車好了，比較方便。」

我點點頭，「嗯，那學校見。」

「好。」

從來沒上過這麼詭異的家教課。

必須承認之前的課雖然花了很多時間在你一言我一語的閒聊（？）上，但至少大部分的時間我是清醒的。

但今天的課一整個很不順。

可薇不停地發問，何慕桓認真解答，一句廢話都沒說，這已經讓我覺得坐立難安了（畢竟之前的課從來沒有這種學習力爆炸的情況出現）；又加上我實在覺得可薇怪怪的，這更讓我無法專心聽何慕桓解答問題。

可薇真的很怪。

雖然我數學不好，但她提出的盡是一些最最最基本的問題，有些甚至很無謂（這點從何慕桓的表情可以確定）；好比說，她至少問了三次以上「什麼是同界角」這種只要打開書就會知道的微妙問題。

仔細回想著，雖說可薇這次考得不理想，但印象中每次數學小考幾乎都拿滿分，如果真的很吃力，那麼小考時的成績又是怎麼一回事呢？

算了，想這些幹嘛呢？來削鉛筆吧。

我拿出隨身的小型削鉛筆器，把今天用過的鉛筆一支支削好。

現在大家都不用鉛筆了，同學看到我沒用自動鉛筆而是用鉛筆覺得很奇怪，不過這也不是什麼需要理會旁人意見的選擇就是了。

「好，今天進度這樣可以了。」何慕桓帶著營業用（？）微笑對可薇說道，「回家多練習解題就可以了。」

「那，松兒，可以跟我一起回去嗎？」可薇眨著湖水般的眼睛看向何慕桓。

何慕桓還是淡淡的，「沒辦法喔，松兒的進度現在才要開始。妳先回去吧，路上小心。」

「好，謝謝老師。松兒我先走了，回家見囉。」可薇收好書包，帶著清新如春天早晨露水般的笑容離去。

不知為何我注視著可薇的背影，覺得相當陌生。

即使住在同一屋簷下，但我實在不太了解可薇。

「……呼，終於。」何慕桓誇張地往椅背一靠，啪地蓋上書，「她是不是有問題啊？」

「什麼？你說什麼？可薇？」

「雖然我知道妳從頭到尾都沒在聽，還忙著恍神，不過妳都不覺得黎可薇怪怪的嗎？」

「哪裡怪？」好吧我是有種不太對勁的感覺，但又不想同意何慕桓。

「……她提出的問題太奇怪了。我的意思是，她像是為了提問而提問，並不是因為在學習上碰到想不通或學不會的地方。」

我托著腮，「其實我剛剛也在納悶，可薇這學期的數學小考都還是九十、一百的水準，為什麼又會突然變笨、搞砸考試呢？」

何慕桓看著我，「妳說，她小考還是都考九十幾、一百？」

我點點頭，「嗯，我們同班嘛，常常跟她借習題抄。」

何慕桓雙眉一豎，「那上次我出的習題——」

「自己寫的啦。」

「跟人家借習題抄還好意思講這麼大聲。要自己算，不然作業全對考試零分老師一樣看得出來。」

「哼。」糟了馬上護住額頭。

何慕桓見狀又笑得輕佻驕傲，「這次暫時讓妳欠著。」

「……」

「不過，那個黎可薇要住妳家住到什麼時候？上次跟我叔叔去妳家吃飯是有聽到長輩聊到，說可薇是妳媽媽的妹妹的女兒？」

「嗯，我阿姨和姨丈在六年前飛機失事，因為可薇的爺爺奶奶和我們外公外婆都不在，跟我們家算是最親了，所以我父母開始照顧可薇。法律上是什麼程序我不懂，總之可薇算是我妹妹吧，我媽說一定會照顧到可薇結婚生子的。」

「她比妳小？感覺老成很多。」

「意思是我幼稚囉？」

「妳不幼稚嗎？」

「對啦我很幼稚你滿意了吧。」

何慕桓哈了一聲，「妳是個奇怪的小鬼，一方面幼稚，一方面又有上世紀的靈魂，很衝突啊。總之，我覺得妳更像妹妹，黎可薇太老成了。」

「現在高中生都早熟嘛。」

何慕桓想了想，「可能是父母過世得早，所以精神上很早就轉大人了。」

「也許吧。仔細想想我其實也不算很了解她。」

「沒什麼好了解的，了解三角函數比較實際。」何慕桓擺出師長架勢，「今天

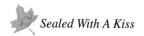

要把三角函數結束掉，然後進入斜率和直線方程式。」
「喔。」聽起來跟三角函數一樣討人厭也沒比較好。
「不過，」何慕桓有些欲言又止，我等著他把話說完，他敲了敲筆，「提醒妳一下，黎可薇不是個簡單的女孩子。」
「你這提醒超怪的。」
「小考總是能考高分的人，如果大考考差了，那一定是失常，失常不需要補習，但她卻異常積極，這點妳不覺得有問題嗎？」
「我承認我是想不通，不過她有她的理由吧。」
何慕桓笑得高深莫測，「我相信那不會是個好理由。」
「……你是不是忍了一個多小時沒閒聊，打算趁現在一次講個夠啊？」
「讓妳提振精神一下不好嗎？別以為我不知道妳快睡著了。」
「哼！」
「額頭。」
「好啦不哼了。」
「已經哼的還是要彈。」

「記仇。」

「對。」

「小氣。」

「對。」

「個性不好。」

「我承認。」何慕桓很快地伸手輕彈了一下，「把上次算的習題拿出來。」

因為上課時間加長的關係，要回家時天色已完全變暗。

入秋之後天暗得早，而一天黑就會起風。

走出樂雅樂我和何慕桓說再見，但他卻說有事要到我家附近，於是我只能哀傷地推著腳踏車跟他一起走。結果我還是不能騎車回家啊可惡。

在路上何慕桓的手機響起，我注意到他也換了鈴聲。

從眉梢中感覺到　從眼角看不到　彷彿已是最直接的裸露

是無力　但有心　暗來　明往

誰說　這算是　情愫

對方好像是女生，要約何慕桓聚餐開趴還什麼的，結果何慕桓以某種輕鬆愉快的語調打槍了對方。

——我就不去了，明知道是想引誘我，我還去就是自投羅網。謝謝妳的邀請，但以後別再打來了。

何慕桓結束通話後我忍不住問，「要引誘你？」

「幹嘛偷聽。」

「講那麼大聲還怪我。到底要引誘你什麼啊？」

「未成年不要問。」

哼，果然私生活不檢點。「人帥真好，隨便走在路上都可以接到辣妹打來的電話。」

「是辣妹沒錯，但是我已經進入〈拒絕再玩〉的階段了。」

最好是，而且不要亂用張國榮的歌名啦。「……」

「妳那是什麼表情？我已經說不去也叫她別再打了。」

「我哪有什麼表情？」我摸摸臉，難道看得出我覺得他是玩咖嗎？

「上次那個男生。」

「嗯？」

「在合作社前面遇到的那個。」

「喔，他喔。」

「你們在交往嗎？」

「他要追可薇，我是『女主角的好朋友』，所以要買通我，懂嗎？」

何慕桓輕淺一笑，「那妳要好好助他一臂之力。」

「你很多管閒事。」

「閒事嗎？也許吧。」

啊對了，「〈有心人〉很好聽。」

「妳聽到了。」何慕桓雙手插在口袋裡，「以前覺得還好，只是歌單裡的一首歌，不會特別重複，但最近突然覺得很有感觸。」

「嗯，我很喜歡。」

「喜歡？」何慕桓不知為何停下腳步，非常認真地注視我，「很喜歡？」

「很喜歡。」

何慕桓的眼神迸出一點像是火花似的光芒，和平常有些不同，不過只有幾秒，短到還來不及看清。漂亮但朦朧，也許還帶著幾分我不懂的心緒。

「真的很喜歡？」

「真的。」騙你這個很好玩嗎？

「真的很喜歡？」何慕桓好像跳針了，又問一次。

不知我哪來的耐性，只好再重複，「對，真的很喜歡很喜歡。」

終於他滿意地揚起笑。

所以說外表是最大的武器，明明就覺得這人很怪還有點討厭，但一看到那麼好看那麼吸引人的笑容，就很容易覺得一切都無所謂了。

唉我這心態是不行的，真糟糕。

「欸你說你要到我家附近辦事……已經快到我家了耶，你到底要去哪？」再過一個十字路口就到家了，我竟然推著腳踏車走了四十分鐘，也太慘。

「就妳家附近啊。」何慕桓毫不在意地答道。

「沒有約定的時間嗎？」因為推著車所以走得相當慢。「來得及嗎？」

「嗯，說不定會太早到，所以最好再走慢一點。」

「……怎麼覺得是個很莫名其妙的約定。」

何慕桓似笑非笑，「好像確實如此。」

「不過，這附近全是住宅區，你是要去朋友家嗎？」我問道，「還是女朋友家？」

「本人，單身。」何慕桓清了清喉嚨說道，「既沒有什麼紅粉知己，也沒有什麼曖昧對象。」

「是喔，沒想到你身價比想像中低很多。」說完才驚覺自己真是講話不經大腦。

何慕桓果然怒了，他停下腳步，不悅地瞪著我，「我是潔身自好，跟濫情張無忌完全不同。」

「但是大家都搶著要張無忌啊。」

「我敢保證我收到的情書絕對是張無忌的倍數。」

我噗地笑出來，「……好幼稚。」

「竟敢說老師幼稚！額頭過來。」

「就算你彈二十次也改變不了這個事實。」

何慕桓冷著臉伸手彈了我額頭兩下。

「會痛啦！要是破相毀容了你負責。」

「好，我負責。」

看來你根本不知道現在醫美療程隨便都很貴。

也罷，以你的穿著打扮應該拿個幾萬元出來不是問題吧。

「……妳家到了。」

「嗯，竟然從路口走回來又花了快十五分鐘……這下你時間剛好了吧？」

「我看看，」何慕桓看看錶，「還有十分鐘的空檔。」

總不會讓我站在家門前多陪你十分鐘吧？「那你要進來坐嗎？」

何慕桓皺眉，「還要跟長輩們打招呼，就不必了。我看，來抽考妳數學好了。」

「最好我有這麼快學會啦。」

「沒學會嗎？那還有時間，加課吧，不另計費。」

「你虐待我。」

「是嗎？」何慕桓冷不防又彈了下我額頭，淺笑，「被誣陷太划不來，既然要說我虐待妳，那我就真的虐待一下好了，不然白白被冤枉。」

我按著額頭，瞪著他，「很開心嘛。」

「是滿開心的。」何慕桓忽然看看我家大門，斂起笑，「妳進去吧，我要走了。」

「喔，再見。」

「……不進去嗎？」

「要去旁邊停腳踏車，腳踏車不是停在院子裡。」

「好。」

好什麼？不是要走，你還站著幹嘛？「嗯？你不是要走了嗎？」

「等妳停好車進去再走。」何慕桓解釋道，「我還有時間。」

「喔喔。」

我把腳踏車牽去距離不到幾公尺的社區車棚停好鎖上，將前籃裡的書包和提袋拿下來，走回家門前。何慕桓斜倚著圍牆，靜靜地望著天際。我順著他的視線看去，發覺今天沒有星星。忽然覺得站在原地不動，看著天空沉思的何慕桓就像一幅畫，很美的畫。

「停好車了？」何慕桓不知是不是察覺了我的視線，他轉頭看著我，也離開了圍牆。

「嗯。」

「快進去吧。」

「好。」

「晚安。」

「晚安。」

□

洗完澡我坐在書桌前，把手機接上喇叭開始放音樂。一面看著播放清單一面想起何慕桓，不知道這人為什麼不停重複問著我是否真的喜歡〈有心人〉。像繞口令的說了那麼多次，喜不喜歡有那麼重要嗎？

「松兒，妳在忙嗎？」可薇將房門打開一道縫，輕聲問道。

「不忙啊，進來進來。」

「妳今天很累吧，加課加很多的樣子……阿姨有點擔心呢。」

「喔對啊，她有傳 LINE 給我，我說何慕，何老師會送我回來，她才放心。」

「喔……何老師送妳回來。每次都這樣嗎？」

「他說今天到我們家附近有事，害我推著腳踏車走了老半天。」比體育課還累。

可薇在我床邊坐下，「何老師……話多嗎？」

「這……有點難回答，還好吧。」

「送妳回來的路上，有聊天嗎？」

「有啊。不聊天多沉悶啊。」

可薇淡淡一笑，「松兒妳跟何老師談得來嗎？」

我不自覺地皺眉，「為什麼這麼問呢？朋友跟朋友之間才有談不談得來的問題吧……也不是談不來就不用上課呀。」

「何老師應該有女朋友吧。」

「聽說單身。」

「妳怎麼知道？」可薇瞪大眼。

「他自己說的啊。」不然呢。

可薇忽然揚起笑，「我發現，我好像不太了解妳呢，松兒。」

「什麼意思？」

可薇側著頭，柔軟的黑髮在燈光下閃動，尖尖的下巴很可愛，沒有男生會不喜歡。

「……其實也只是一時的感覺。好像、松兒妳完全不費什麼力氣，就能跟何老師處得很好。」

「我不是很懂妳的意思。」隱隱的，我感到可薇和我之間的空氣有些說不出的變化。

「我是羨慕妳嘛。」可薇挪動身體，拉住我的手，像小時候一樣。她靠近我，低低地在我耳畔說，「跟妳說個秘密。」

「嗯？」

「我想，我喜歡上何老師了。」

□

「妳沒事吧？」有人輕拍了我一下。

我回頭，扯扯嘴角，「嗨。」

陽光無腦美少年背光站著，還是那麼閃閃發亮。

曾靖南湊近我，「妳臉色好難看，又貧血？」

「貧血是持續性的，應該叫作『還在貧血』……」我恨生理期。

「今天也要騎腳踏車回家嗎？」

「今天走路。」而且還得先去超市幫媽媽買里肌肉片，「欸曾靖南。」

「嗯？」

「我覺得頭有點暈，怕一個人倒在路上，你可不可以陪我去超市，再陪我回家？」終於我也有了厚顏無恥的一天。

曾靖南點點頭，「書包給我，我幫妳揹。」

「不用了，會被誤會。」

「陪妳去超市也一樣會被誤會，沒差。」

「也是，那就拜託你了。」

「可是，妳非去超市不可嗎？妳臉色真的很難看耶。」

我摸摸臉，努力一笑，「要幫我媽買晚餐的菜，所以非去不可。」

「好。」曾靖南露出擔憂的表情，「還是，妳在公園等我，我去幫妳買？」

這也太不好意思了，「沒那麼嚴重啦，我只是怕頭昏會撞到路人還是電線桿，不是真的一走路就會昏倒。」

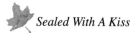

「是嗎？如果走不動或者要休息，一定要說。」

「知道，謝謝。」

曾靖南其實是個很細心的人。

他爸爸長年在國外工作，總是由他負責照顧妹妹。從來沒聽曾靖南提過媽媽，我也識相的沒多問。畢竟現在離婚或分居的夫妻很多，沒什麼好大驚小怪的。不過，或許就因為需要照顧妹妹的緣故，曾靖南給人一種安心和體貼的感覺，總覺得他未來的女朋友應該會被照顧得很好。

走進超市曾靖南把我們的書包都丟進推車中，我走到冷藏櫃前拿了兩盒媽媽交代的里肌肉片，正打算快快結帳早點回家時，沒想到在結帳區碰見了何慕桓。

「老師好。」曾靖南非常主動地向何慕桓打招呼。

何慕桓拿著剛結完帳的茶飲，看看我又看看曾靖南，一臉被倒會錢的表情，「買東西？」

不然來這裡看電影嗎？

算了突然好痛，不想開口。

「裴松兒又貧血了，所以陪她來買東西，等下再送她回去。」曾靖南說道。

何慕桓皺眉，「妳沒事吧？」

我搖搖頭，正在生理痛你別跟我說話，沒力氣開口。

何慕桓見我不吭聲，轉頭問曾靖南，「你要怎麼送她回去？」

「就陪松兒走回去。」

「從這裡走到她家至少半小時，她根本撐不住。」何慕桓看了眼推車，對我說，「快點結帳，書包給我，我送妳回去。」

「不用，曾靖南會陪我，沒那麼嚴重。」我努力開口。

說真的此時此刻我不想看到你。

「嘴唇都發白了還任性！」何慕桓掏出皮夾，從推車裡拿走肉片逕自結帳。

曾靖南有點不知所措，「那現在——」

「擋住結帳櫃檯了，先出去再說。」唉。

走出超市何慕桓不由分說從曾靖南手上拿走我的書包，一臉師長威嚴，曾靖南就這樣看著何慕桓催促我上了計程車。我在車上傳了 LINE 謝謝曾靖南，讓他跑這麼一趟實在不好意思。

「才剛上車就傳 LINE，是有這麼急嗎？」冷言冷語的。

我根本不想理他，繼續傳出貼圖。

何慕桓雖然是老師，但剛剛對曾靖南很不客氣，一整個令人不爽。

曾靖南是欠你多少錢，他有什麼必要這樣看你臉色？！

「到底有多少話要講。」何慕桓暴躁地低喊。

我看他一眼，然後，可薇的話毫無遲滯地躍上我心頭。

——我想，我喜歡上何老師了。

我收起手機，別過臉，看向車窗外。

下車後我沒辦法直接衝回家，因為買好的豬里肌和書包都在何慕桓手上。從上車開始我就沒說話，事實上什麼都不想說，也沒什麼好說的。我只知道我不想看見何慕桓，一點都不想。

「——到底怎麼了？」即使來到我家門口，何慕桓也似乎沒把東西還我的打算。「在生什麼氣？」

「沒有。」

「我惹到妳了？」

「沒有。」

「開門，我幫妳把東西提進去。」

「不用。」

何慕桓嚴肅起來，冷冰冰地把書包和超市塑膠袋交給我，不再出聲。

我從書包裡掏出鑰匙，但掛著吊飾的鑰匙整串跌落地面。

彎腰想撿，但何慕桓早一步替我抓起鑰匙，看了眼大門門鎖，很快地找出鑰匙。

我沒道謝，他也沉默。我有些迷惘，不知道這莫名其妙的對峙到底為了什麼。

或者應該說，我不懂自己在做什麼。

平心而論我該好好道謝，至少得心存感激。

何慕桓沒有義務這麼照顧我，甚至忍耐我。

但是我不想看到他。就是不想。

——我想，我喜歡上何老師了。

——我想，我喜歡上何老師了。

——我想，我喜歡上何老師了……

可薇的聲音和何慕桓的身影重疊，每看何慕桓一眼，可薇的聲音就像跳針似的重複一次。而她的聲音不知為何有些銳利，每一次躍上心頭時，總能刺痛我。

何慕桓推開了沉重的大門，把鑰匙塞回我手上的瞬間冷不防用力捏了一下我的手。很用力，很短暫。

然後他轉身離去。

——今天謝謝你，也很抱歉。

——妳平安到家了吧？

——嗯，坐計程車一下就到了。

——也好啦，從超市走回妳家有段距離，怕妳撐不住。

——你沒生氣吧？今天何老師對你很兇。

——不會啊，他本來就很兇。

——哈。

「松兒，是我。」可薇敲了敲我房門。

我放下手機，「門沒鎖，請進。」

可薇替我端來了紅豆湯，她將托盤放在書桌上，一臉擔憂，「妳還好嗎？不是吃了止痛藥，為什麼還這麼痛？」

「不知道耶。」

「妳嘴唇完全沒血色。」

「是喔，原來人只要貧血就可以馬上白兩個色階。」我打哈哈。

「要不要喝紅豆湯？我專程去『台一』幫妳買的喔，我知道妳喜歡那裡的紅豆湯，我端給妳。」

「謝謝，不過我現在沒什麼胃口，放著就好。真不好意思讓妳跑一趟。」

「不會啦，剛好我跟許靜瑜去公館逛逛，就順便買回來啊。」

「是喔，去公館幹嘛？」而且妳們什麼時候感情那麼好了？

「靜瑜看雜誌介紹那邊有好幾家貓咖啡店，我們就一起去看看。」

「……可是，妳不是討厭貓嗎？」我一直很想養貓，但考慮到可薇所以沒辦法。

可薇把幾綹髮絲撥到耳後，「這是社交啊，沒辦法。」

「但是，妳之前跟許靜瑜……」

「沒有永遠的朋友，當然也就沒有永遠的敵人了。」

「喔。」

「妳跟靜瑜講了曾靖南要追我的事對不對？」

我點點頭，「嗯，她以為我跟曾靖南在交往。曾靖南這白痴，我就說他糾纏錯人了。」

「說不定妳跟他會日久生情啊。曾靖南還滿帥的，而且他對人很好。」

「他真的人很好。」

「對吧，我覺得妳跟他很相配呢。」可薇說道。

「人家喜歡的是妳耶。」

「可是我喜歡的不是他啊。」可薇眼神迸出光芒，「松兒，我想拜託妳一件事。」

「拜託我？」

「嗯，非妳不可。」

我不是很喜歡可薇現在的表情，但我點點頭，「好啊，妳就說吧。」

06

坐在長椅上我呆呆看著不遠處幾個正在學直排輪的小朋友，看起來真的很小，最多是小學一二年級吧，煞有其事地認真穿戴好了裝備，然後開始練習。跌在地上的時候看起來很痛，但小朋友很勇敢地再度站起。

在長椅呆坐了半小時後接到我訊息而跑來的曾靖南現在正坐在長椅另一端，很認真地盯著遠方的綠樹看。

「……欸。」

「嗯？」

「你以後想要做什麼？」

「妳說職業嗎？」

「嗯。」

曾靖南毫不猶豫，「醫生，婦產科醫生。」

我轉頭看他，「聽說那個是厭惡性行業，而且還常常被告。」

「嗯我知道。」他看著遠方的樹，不像以往總是掛著笑容。

「而且好多其他科別的名醫受訪時都說他們念書時死都不選婦產科耶、很瞧不起婦產科。報紙上有寫。」

「嗯我知道。」

「那你還想當婦產科醫生？」

「所有人都去當帥氣的外科醫生、輕鬆又安全的醫生，那很多辛苦的科別就沒醫生了。」

「嗯我知道。」

我把目光調回正在練習直排輪的小朋友們，「有理想有抱負的人都很辛苦。」

「到底為什麼啊？」

「什麼為什麼？」

「想從事這麼辛苦的工作啊。」我看向他。

他還是望著遠方，這次是看著地平線吧我想。

「原因，以後再跟妳說。」很難得曾靖南竟然也有賣關子的時候。

「是喔。好吧。」

「那妳以後想當什麼？」

「沒想過耶。」我開始玩手指，天空非常藍，小朋友很可愛，風也很舒服，但心卻悶悶的。

「那要不要考慮當護士？」

「服務人群嗎？」

「我會對妳很好喔，如果當我的護士。」

「不要講得一副你已經開醫院的樣子。」

曾靖南笑了，我第一次見到他那樣笑。

還是很陽光很運動很好看的笑容，但卻夾著一股淡淡的哀傷。

哀傷。

「欸。」我說。

「嗯？」

「算了沒事。」我伸伸懶腰，但舒展完後還是再度縮回身體，「……今天天氣好好喔。」

「嗯我知道。」

「那為什麼你跟我看起來都心情不好？」

「因為有心事。」

曾靖南講得很肯定，終於他把目光移回我臉上，平常好像什麼事都無所謂的他此刻的眼神深藏著的情緒讓人有些訝異，彷彿在眼底藏著許多許多秘密似的。

不知為何我一面回望著他深黑的大眼睛一面說道：「……欸曾靖南你到底有沒有要認真追可薇啊？」

滿懷心事，好像欲言又止的表情被換下了，曾靖南像是結束了第二人格般，回到原本大剌剌的個性。

「她又不喜歡我。」

「呃。」

「把她追到手，何老師跟妳才能順利發展嗎？」曾靖南無邪地笑著。

我狠狠瞪著他，「你少亂講。」

「……是妳喜歡何老師、還是何老師喜歡妳？」

「我跟姓何的互相討厭可以了吧。」而且是你的女神喜歡他啦。

「我是男生。」

不然難道我才是嗎？「所以呢？」

「男生看著喜歡的女生的表情，我知道。」曾靖南的口吻非常淡，甚至還有點飄飄的，像雲一樣。

我想我可能有點臉紅，不過我並沒像被毒蟲咬到那樣激動地跳起來。

大概是被曾靖南的口氣影響，我不知為何很淡很輕地回答，「你真的想太多。」

「不相信嗎？」

「不相信。」

「如果何老師跟妳告白……妳會答應嗎？」

「我不回答假設性問題。」

「那如果我跟妳告白，妳會答應嗎？」他還是笑得很爽朗，就像今天襯著小公園綠樹的藍天。

我斜眼瞪他，「不好笑，而且這一樣是假設性問題！」

「所以，如果我想知道答案，就得跟妳告白對吧？」

「曾靖南你今天很怪喔。」

「有嗎？」

「有。」

「喔好吧。」他收起笑容，托腮，開始想心事。

這時我的手機傳來 LINE 的提示音。

——又蹺課是吧。

是何慕桓。

當然是已讀不回。

再怎麼膽大包天老師畢竟是老師，我還不至於有種回訊說「對我就是不想上課怎樣有本事你咬我啊笨蛋」。

我把手機收回口袋。

「欸。」

「嗯？」

「你都不問我找你出來有什麼事。」

「沒事也可以找我出來啊。」

「雖然我覺得我沒什麼立場說這種話，但是如果你以後有女朋友還這樣被女生一叫就出來，那可不行。」

「我知道。」

「知道就好。」

「那妳為什麼找我出來？」

「因為我沒朋友。」死都想聽我這樣回答就對了。

其實是因為找你，感覺最沒有負擔，最不會被問東問西吧，也因為你總是會陪我。但我並沒有老實回答。

「所以我不是妳第一時間想見的人。」

「對啦。」你知道你這種說法很奇怪嗎？

「那妳第一時間想見、但是沒有見的人是誰？」曾靖南突然整個人移向我，把臉湊得很近，「是何老師嗎？」

「我今天就是蹺他的家教課最好是想見他啦！」

「那是誰？」

「——克里斯．伊凡。」

「克里斯．伊凡？」

「克里斯．伊凡。」嗯而且要金髮沒鬍子的。

「妳是說——美國隊長喔？」

「怎樣不行嗎？」

「我以為女生都比較喜歡雷神索爾。」曾靖南退回了他原本的位置。

「……不知道啦。」

過了很久，很久之後，曾靖南突然叫我：

「裴松兒。」

「嗯？」

「今天天空很藍、很漂亮耶。」

「我看了一個多小時，我知道。」

「那邊練直排輪的小朋友很認真，摔倒又爬起來耶。」

「我也看了他們很久，也知道。」

「妳覺得談戀愛是不是就像直排輪、只要不怕摔，努力下去，就可以成功？」

不覺得。

但是，好像不要打擊你比較好。

「……某部分相似吧，大概。」我答道。

「那妳覺得，如果有個男生本來喜歡B女生，但後來又變成喜歡A女生，這樣是不是很惡劣？」

「這問題太複雜了。首先，事主，也就是這個男生，有跟本來喜歡的B女生交往嗎？有的話他就叫變心，沒有的話是還好。另外，這事主該不會本來有女友，但是看到B跟A之後又發情吧？這些背景都沒講清楚，沒辦法下判斷。」我托著腮，「而且，就算所有人都舉牌同意事主很惡劣，但喜歡就是喜歡上了吧，問別人意見幹嘛……」

「……是喔。」曾靖南又問，「那如果事主去跟A告白，A會接受嗎？」

「不知道，沒頭沒尾的，這問題一樣複雜啊。如果A根本就有喜歡的人、男朋友，或者女朋友，那就不一定會接受吧……總之、有各式各樣的狀況啦。還有，你講話的順序很怪耶。」

「哪裡怪？」

「事主本來喜歡的女生應該叫A，後來喜歡的叫B，這樣不是比較順嗎？」

「可是，」曾靖南忽然笑了開來，「想把次序比較優先的『A』分配給更喜歡的女生呀。」

「很搞笑。」說是這麼說，但卻笑不出來。

「妳說妳今天蹺家教，為什麼？」曾靖南忽然問。

因為你的女神拜託我不要去，讓她可以跟何慕桓獨處。

「就不想上。」這也算是實話，一點都不想見到何慕桓。

「嗯？」

曾靖南凝視著我，「……我忽然覺得有件事很奇怪。」

「為什麼當我說何老師喜歡妳的時候，妳看起來一點都不驚訝呢？」

□

這是一個很奇妙的問題。

但我想只是我一時不察。

曾靖南說，我應該在聽到他問「是妳喜歡何老師、還是何老師喜歡妳」時覺得很吃驚、訝異才對。

可是我沒有，只是淡淡的反駁。

——這不是合理的反應。

——那怎樣才是合理反應？

——很激動，說哪可能哪有的事、強力反駁、強力澄清。

——我明明就有澄清。

——但妳一點都不驚訝我那麼說。

——聽不懂啦。

——我的意思是，也許妳早就意識到了，所以對於我提出的問題一點都不驚訝。

——想太多，曾靖南你真的想太多。

這人不是陽光無腦美少年嗎？今天是怎麼了？

做了腦部移植、突然會思考了嗎？

現在醫學真進步啊（誤）。

也許妳早就意識到了，所以對於我提出的問題一點都不驚訝。

我嗎？意識到嗎？有什麼可以讓我「意識到」的事情嗎？

什麼都，沒有。

沒有。

秋天的傍晚總是會起風，我找出耳機戴上，聽著手機裡的音樂，慢慢踱回家。

我想今天不會再跟上次蹺課時一樣在家附近遇到何慕桓才對。

說不定何慕桓會跟可薇去哪裡約會。

我想著那天晚上可薇對我說過的話，深切感受到她真的很喜歡何慕桓。

——**我這次，是專程考差的。要不然，實在找不到理由接近他。**

說這話的可薇雙頰散發著薔薇般的色澤，而我完全怔住，只是傻傻看著可薇，沒想到可薇會這麼做。

原來，妳這麼喜歡何慕桓嗎？

——所以，松兒，求求妳，幫我。下次的家教課拜託妳，不要來。

——但如果我蹺課，何慕桓會跟我爸講吧。

——我想不會。我會幫妳找理由，應該可以不被姨丈發現。拜託，松兒，只有妳可以幫我！妳知道，我從來沒有喜歡上誰，但是何老師不一樣，他就像是從電影裡小說裡走出來的人物，那麼飄逸，那麼與眾不同，那麼有魅力……可以答應我嗎？拜託妳，真的拜託妳，以後妳要我做什麼都可以，我會記得妳這份恩情。

——恩情嗎，妳說得未免太嚴重……我知道了，下次的家教課我不會去的。

——謝謝！太好了，松兒妳真好！

我印象很深，非常深。最後我跟可薇說了一句：

——那，妳就好好把握機會。

沒想到人行道上竟然有小石子，我踢了踢，小石子就這樣滾遠了。原本相當好的天氣不知為什麼突然轉變。跟曾靖南在公園分開時天空還又亮又藍，但現在卻積滿灰雲，連空氣也變成相當不清爽。

我追上那顆被我踢走的小石子，再把它踢回人行道正中，接著再踢一次。就這樣重複著。我也不知道自己到底在幹嘛——不知道自己在做什麼，也不知道自己在想什麼、悶什麼。

在十字路口我跟小石子告別，而手機裡的音樂正播到那首讓我第一次聽就流淚的〈當愛已成往事〉。

愛情它是個難題　讓人目眩神迷
忘了痛或許可以　忘了你卻太不容易
你不曾真的離去　你始終在我心裡

我對你仍有愛意　我對自己無能為力

突然討厭張國榮了。

為什麼讓我喜歡上這首歌？

為什麼讓我喜歡上呢？

如果不喜歡，就不會覺得痛了。

是呀，不喜歡，就不會痛了。

快到家的時候手機發出低電量警告，我關上音樂，索性連手機一起關了。摘下耳機之後忽然對重新傳入耳中的背景音有點悵然。

「謝謝老師今天陪我回來。」

「不客氣。再見。」

噢，為什麼這兩個人今天這麼早就下課了？

我看看錶，明明應該還要再一個小時才對。

站在巷口我看見可薇伸手拉住了要轉身的何慕桓，然後環住何慕桓——

我想，我應該迴避。

後來回到家時可薇已經在她自己的房間裡，我沒向她打招呼。我整晚都窩在房間，剛好今天爸媽一起出門應酬，沒有討人厭的晚餐團聚時光。

我坐在書桌前，拿出所有鉛筆，包括還沒用過的，一支支排好後開始削。用力地轉動著小小的握柄，把每支筆都削尖。

我非常喜歡手動的傳統削鉛筆機，它是深藍色的，從小學用到現在。大家都說現在除了畫畫的人，早就沒人用鉛筆了，一下就鈍掉，不如自動鉛筆好用……

可惡一不小心把桌上排得好好的鉛筆打亂了，最左邊的兩三枝就這樣不小心滾動著掉下書桌。我離開椅子撿起鉛筆，注意到放在書桌旁，靠近牆角和書櫃的一只紙袋。

我把紙袋踢進床下。

早上手機準時開機，鬧鈴響起。

和往常一樣，我很快地按掉鬧鈴，然後我第一次發現來電捕手是種很可怕的東西。關機時的未接來電通知訊息一條接一條跳出，沒完沒了。然後LINE的提示視窗閃到我以為我自己是比爾・蓋茲或者李嘉誠，生意做很大。

我把響個不停的手機關成靜音丟進書包。

「可薇說社團有事，先出門了。」我下樓時，媽媽對我說道。

「喔。」

「快來吃早餐吧。」

鬆了一口氣。

同時也問自己，我為什麼需要鬆一口氣？

「家教上得怎麼樣？」爸爸一面把奶油抹上吐司，一面問道。

「我比較適合補習班。」我說。

「覺得慕桓教得不好？」

「數學零分應該也可以上大學吧？」完全沒有食慾，乾脆把吐司泡進咖啡裡吃？

「我們松兒這麼討厭數學啊，以前好像不會嘛。」

「明明進步了，應該不會有挫折才對。」媽媽端來了煎蛋，說道，「妳要積極點，看看人家可薇，只是一次考試失常就這麼努力想追回進度，妳要多學學她。」

妳真的想看我學她嗎？行啊，我可以考慮。

最後我果然還是把吐司沾著咖啡吃。

「吃飽了，我去上學。」

「欸妳，怎麼只吃了一片吐司——」媽媽在我背後叫道。

「沒胃口，如果餓了再去合作社買東西吃。我走囉，爸再見媽再見。」

「騎車小心，要看路啊！」

上學時可薇先走，放學時可薇去了社團，整天下來眼神連交會都沒有。我不知道她怎麼了，也不想知道；她有她的心事，而那很明顯不適合讓我知道。下午陽光無腦美少年傳 LINE 說今天有球賽要不要一起看，我道謝後拒絕，放學後一個人安安靜靜地騎著腳踏車到了公園。

「——我們談一談！」

我從呆望著公園噴水池的放空中回神，轉頭只見何慕桓以一種跑完百米、喘著粗氣的疲憊和焦灼神情站在長椅旁。

「……」

「為什麼不接電話？！」

「……」我決定繼續欣賞噴水池。

「昨天晚上手機為什麼沒開？今天一整天是開了不接，妳到底在幹嘛？」

「我高興。」

何慕桓搶過一步，在長椅坐下，「我以為妳出事，或者怎麼了。我找妳找了整整一晚上，今天還跑去妳們教室，看到妳有來上學我才安心一點——總之，我有話要跟妳說。」

「什麼話？」

「妳聽清楚，不管黎可薇跟妳說什麼，妳都別理她、別相信，明白嗎？」

我看向何慕桓，他那漂亮的藍黑色眼眸彷彿燃燒著，我笑了。「她會跟我說什麼呢？」

「什麼？」

「可薇到底會跟我說哪些讓你這麼急於澄清的話呢？」我保持笑容，「這樣，我很好奇呢。」

何慕桓冷冷地回望我，半晌，才開口，「妳很殘忍。」

「我很殘忍？這真是令人訝異的評價，很殘忍。我做了什麼嗎？是你做了什麼吧！你自己做了什麼事，然後說我很殘忍，這是什麼神邏輯？」我從長椅上站起，不想再待下去。

何慕桓跟著站起。

「妳知道我昨天做了什麼嗎？」何慕桓低低地說著，一手抓住我肩膀。

「終於也成為跟女學生談戀愛的下流老師了，不是嗎？」我揚起笑容，「眼光不錯啊，可薇多受歡迎啊，兩個人——」很相配嘛。

但我話沒說完，何慕桓鐵青著臉，幾乎是用吼的：「昨天是我這輩子第一次想打女孩子！」

我一怔，笑容消失，「你說什麼？」

何慕桓力量更重，我感到一股痛楚，但卻不想躲，他狂躁地低頭把臉湊近我，「我差點就打了黎可薇，我這輩子第一次想動手打人！妳知道為什麼嗎？妳不知道，妳什麼都不知道！妳不知道我當時為什麼這麼做，妳不知道我之後心神不寧就快瘋了，妳不知道我見妳之前下定了什麼決心，妳什麼都不知道！」

我終於使勁拂開何慕桓的手，「你覺得我應該知道什麼？我知道可薇很喜歡你，可薇說她一定要跟你在一起！」

「那又怎樣？！」何慕桓往後退了一步，頹喪地搖搖頭，「我不要她。」

「……那是你跟她之間的事。」我一點都不想聽，不想聽，這到底跟我有什麼關係？你們要演偶像劇那是你們的事啊！「說完了沒？我要回家。」

「沒說完！」何慕桓再度拽住我，用力將我拉近他，我從不知道男生跟女生的力氣竟差這麼多。

「我不想聽。」我昂首瞪著何慕桓，「你為什麼要跟我談這些？你為什麼表現得這麼激動？我是什麼人？我不過就是你叔叔朋友的女兒，在學校偶爾跟你擦肩而過的學生，一個永遠都教不會的笨女孩而已——」

何慕桓忽然在瞬間收起所有滿溢而激動的情緒，但依舊沒放手，他深吸了一口氣，「我，不會接受也不會喜歡黎可薇，妳明白嗎？我不知道她昨天為什麼主動吻我，我很困擾，也很擔心。」他的語調平靜很多。

「你有什麼好困擾好擔心的？」我沒好氣地說道，「你只要笑著說句謝謝我們交往吧就好了，你幹嘛想要動手打人？還有，給我放手！」

「我不會放手，」何慕桓以過度冷靜的口吻說道，「我擔心的事已經成真——妳果然誤會了。」

我沉默了幾秒，沒再試圖甩開何慕桓，「我還是不明白這些事跟我究竟有什麼關係。」

「妳覺得我為什麼要專程來找妳解釋這些？」何慕桓問著，聲音竟有些發顫。

「我不知道。」我回望著何慕桓，試著冷靜下來，我不懂自己為什麼那麼激動、那麼抗拒，更不懂我到底在激動和抗拒些什麼。「我真的不知道。」

何慕桓那張極好看的臉蒙著一層陰鬱，「……妳剛剛說，我終於也成為跟女學生談戀愛的下流老師了，是嗎？」

「……」

「妳說得對。」

「……」

「裴松兒。」

「你抓得我好痛。」

何慕桓的手稍稍放鬆了點，「我想也是……但我沒辦法放手，不能放手。我怕我一放手，就再也抓不住妳了。」

何慕桓說完，將我極用力地按進他懷裡。

我的額頭以不自然的姿態緊緊貼靠著他的胸膛，他的心跳清晰強勁到我完全無法忽略。我知道書包背帶從肩膀滑脫，也聽到沉重書包撞擊地面發出的悶響。何慕桓的掌心貼著我的背，即使隔著制服也能感到從他肌膚傳來的燒灼感。

「妳不是叔叔朋友的女兒，妳也不是在學校跟我擦肩而過的學生……」何慕桓的唇拂過我耳畔，非常輕，非常緩慢，以一種陌生但充滿情感的聲音喃唸，「妳是裴松兒，就只是裴松兒，佔據我一切的，裴松兒。」

從眉梢中感覺到　從眼角看不到　彷彿已是最直接的裸露
是無力　但有心　暗來　明往
誰說　這算是　情愫

□

我不喜歡沉默，但此時此刻也只能沉默。

就在幾分鐘前我掙脫何慕桓的懷抱，全身滾燙像是火燒，還覺得頭暈缺氧。而現在，我和他好好的端坐著，因為眼前有兩三個推著娃娃車或手牽幼兒來公園的媽媽，正坐在遊戲區附近看著孩子玩。

「……在想什麼？」何慕桓很輕很輕的問。

「沒想什麼。」我胡亂把馬尾重新綁好，不想讓髮絲散落在頰邊。

「知道我在想什麼嗎？」

「不知道。」

「在想，說不定我該謝謝黎可薇。」何慕桓的聲音很近，但聽起來卻遙遠，「如果昨天她沒那麼做，也許我就不會這麼快下定決心。」

我從書包裡拿出手機，數了數。螢幕上顯示的未接來電通知多到相當可怕的程度。

「我很高興妳沒逃走。」

「我很訝異我沒逃走。」我無論如何都應該逃走才對，但我沒有；所以，那就是答案了吧。

何慕桓笑了，像浮在半空中的新月般輕飄飄的笑，其中帶著幾分苦澀。

「我很差勁。」他說。

我聽著，沒接話。發現自己並不後悔沒逃走。

「討厭我嗎？」何慕桓問。

「……」

我無法回答。我知道我不該無法回答，應該要斷然回應**是的我討厭你**才對。

那麼，我為什麼選擇沉默呢？

「妳最晚可以幾點回家？」

我看了眼錶，其實家裡管得不嚴，如果臨時要晚回去（當然不能到十二點）只要傳個 LINE 或打通電話報備就好。然而我卻不懂，為什麼自己先想到的是晚歸的報備，而不是起身離開。

「今天我想和妳一起，待久一點。」何慕桓弓著身體，「也許，妳以後就不願意再見我了。」

我還是沉默著。

雖然經過這兩個問題，我多少也明白自己了。

這種明白很傷感，也許可能有一點點甜蜜，但更多的是憂傷。憂傷我和何慕桓的處境，憂傷可薇，憂傷總有一天一切會隨風而逝。

憂傷自己太早理解這份憂傷。

我發現自己已經在預想著別離。

「你會不會唱歌？」我轉頭看向他，以一種輕鬆的語氣。

「怎麼樣的歌？」

「你說呢？」

「妳想聽？」

「嗯。」

何慕桓聽到我的回應，竟淡淡笑了。「妳喜歡的〈當愛已成往事〉太悲了，唱別首好嗎？」

「你還真的肯唱……前面一堆歐巴桑耶。」

「因為妳想聽。」

我玩著手指，那是種很奇妙的感覺。但又不知道該說什麼，我再度沉默。

過了許久，天色更暗了，已經是家家戶戶要準備做晚飯的時間，公園裡那充滿英倫風情的照明亮起，但我和何慕桓並沒有移動的打算。

「本來，我不打算讓妳知道。」何慕桓突然開口。

「知道什麼？」

何慕桓看著我，眼神柔得像一潭水。

被看得有點害羞，我別過頭。

「因為我很怕，會嚇到妳，然後妳就這樣逃走，我再也見不到妳。」

「你應該擔心我會報警比較實際一點。」

「呵。」何慕桓無所謂地笑了一聲，「那不是我能控制的。」

「如果我真的跟父母講，你就前途不保了。」

何慕桓對我的威脅不以為意，「我什麼也沒做，就只是喜歡妳而已。」

「你抱——」忽然一陣臉紅，說不下去，改口，「你舉措失當。」

「現在還有高中女生會說『舉措失當』這種話？」

「哼。」

何慕桓突然側身彈了一下我額頭。

「喔唷！」

「每次彈妳額頭的時候都會想，如果落在妳額頭上的不是手指而是吻就好了。」

我再度臉紅，這樣下去臉上的血管會很辛苦，我拍拍臉頰，想到的卻是可薇那漂亮的尖下巴。

心情瞬間染成暗灰色。

何慕桓察覺了我神情變化，用他的左手小指輕靠上我右手的小指。

我抬頭看他，「問你。」

「嗯。」

「我跟其他那些喜歡你、跟你告白的女孩子有什麼不同？」

「不同之處，我沒辦法回答妳。」

「也就是說，我跟她們都一樣。」

何慕桓的笑有很多種，現在以一種帶著淡薄反對的弧度勾起嘴角，「我真的沒辦法回答妳。對我來說，裴松兒就是裴松兒，其他人則聚合成一團模糊的灰影。」

我想我正期待著這個答案，但卻這麼回應：「有見過像可薇那麼漂亮、那麼美的灰影嗎？」

「愛情之所以是永恆之謎，正在於沒人知道它的規則：哪一分、哪一秒、哪一刻、哪一人，會讓自己心動。」何慕桓認真起來，「但我知道，我很慶幸，那天在頂樓遇見妳。

「妳有一種很特別的氣質，」何慕桓自顧自地講著，「那是一種矛盾的雙面性，我總是覺得，妳很努力地建構出一種歡快、無所謂、懶得思索的形象；而事實上的妳卻正好相反。」

「……是嗎。」這並不是問句，單純只是意味我聽到了。

帶著孩子們的太太群全都回家了。

取而代之的是歸家途中路經公園的人。

趁著沒人注意的空檔，我冒險傾過身，抬頭注視著何慕桓。

何慕桓回望我。

「你該不會，只是喜歡年輕的肉體吧？」

何慕桓在瞬間大笑。

是真真正正的大笑，會笑到岔氣的那種。

其實我也不明白為什麼要這樣問。

如果他是那種貪圖女學生青春肉體的傢伙，多的是女生願意，並不會缺。

何慕桓繼續笑。

看那樣子笑得連眼淚都出來了。

「笑夠了沒？」

還在笑。

「喂！」

何慕桓邊笑邊彈了我的額頭，這次很用力。「被妳打敗了。」

「什麼啊……」

「既然喜歡一個人，當然會想更靠近那個人，這不是天經地義的嗎？至於什麼年輕肉體，我，沒有特殊偏好。」

「所以你的電腦裡沒有制服片這樣。」

何慕桓以相當驚奇的目光看著我，「妳未成年耶，連十七歲都還沒滿竟然說這種話！」

我聳聳肩，「網路跟媒體是很可怕的。」

何慕桓換上嚴肅正經的表情，「剛剛的話，絕對不准跟別人說。」

「電腦裡有制服片這句嗎？」

「總之，不准問我以外的人電腦裡有什麼。」

「那問你就可以嗎？」

何慕桓苦笑，「妳要我怎麼回答才好？」

「有沒有覺得我跟你想像中不一樣？」

「完全都在預料之內的女孩子我不喜歡。」何慕桓抬起手腕，看看錶，「可以跟家裡說晚點回去嗎？」

我握著手機，有點猶豫。

並不是「不願意」繼續留在這裡，而是「不該」。

也許何慕桓正如爸爸所說的，明年就不再任教，但此時此刻他還是我們學校的老師，而我是學生。

另一個讓我覺得「不該」的原因是可薇。我想著何慕桓的話，他差點打了可薇一巴掌——

「你說，你差點打了可薇？」

「嗯，連手都舉起來了。當下真是氣極了，也害怕。」

「你會害怕？」

何慕桓弓著背，淡淡地，像是說著別人謠言那樣，「怕被妳知道。」

「可是，你不該這樣。」雖然我的確不喜歡可薇這麼做。

「是啊。」何慕桓說道，「後來黎可薇看我揚起手，轉頭跑走了，我想了很久，不知道她會跟妳說什麼，於是打給妳，但妳關機了。」

「知道我為什麼關機嗎？」我托著腮，「因為我看見了。」

何慕桓一怔，終於他的手疊上我的，輕握。

「可薇真的喜歡你。」

「也許吧。」

「你要怎麼辦？」

「我沒有責任和義務回應每份情感，能填補我需要的，也只有妳。」

「……不知道回家後怎麼面對可薇。」

「我跟黎可薇的事已經結束，她表白而我拒絕，不會有後續；妳什麼都不必做，不必說，不必想。」

我很輕地收回自己的手，「怎麼可能假裝什麼都沒發生……」

何慕桓輕笑，「如果妳想告訴黎可薇，妳已經收到我的告白，我沒問題。」

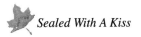

「告白嗎？」我忽然笑了一聲，有種這一切並非現實的感覺。「我該回去了。」

「我送妳回去。」

「不怕被什麼好事者發現嗎？」

「我們倆有這麼高的知名度嗎？」何慕桓拎起我的書包，「走吧。」

原本以為男生送女生回家，然後在女生家前依依不捨的畫面是愛情電影過度誇張，沒想到竟然也有在我生活中發生的一天。何慕桓跟著我到社區的停車棚，他站在一旁看著我停好腳踏車，從前籃裡拿出書包。

回到家門前，何慕桓靜靜地看著我許久，讓我的目光不知該放哪好，也沒辦法直視他那藍黑色的漂亮雙眼，只好東張西望。

「不會，不理我吧？」我進家門前，何慕桓忽然開口問。

「好像，不理你才是我應該做的事。」

何慕桓苦笑，「所以本來想好好藏著，什麼都不說。」

我不知該如何回應，只是扯扯嘴角，「再見。」

「再見。」

晚回家又沒聯絡果然挨罵了，而且還錯過晚餐，更是罪無可逭。媽媽唸了我一頓後，把我叫去廚房問道：

「妳們學校是不是發生了什麼事？」

「啊？」

媽媽愁眉苦臉，「今天可薇回家的時候臉色好難看，是不是學校裡有什麼狀況？有人霸凌她欺負她嗎？」

我搖搖頭，即使知道可能是因為何慕桓，但我也不知該怎麼說才好。「我想她可能只是心情不好吧，人都有情緒起伏嘛。」

「是嗎？」媽媽不太相信，「妳沒騙我吧？」

「那妳自己去問她嘛。」

「媽是長輩怎麼問，可薇一定不肯說，不然就是堅持沒事。」媽媽下令道，「妳去問吧。」

「我？」我一怔。

「那當然啊，去吧，問完回來跟媽說。」

「萬一她也不願意跟我說呢？」

「反正去問出來。過兩天舅舅他們要來，要是讓他們看到可薇愁眉苦臉的樣子，不知道會怎麼說我們呢。」

我皺眉，「說什麼？說我們虐待她嗎？」

媽媽瞪了瞪眼，沒正面回答，只推了推我，「快，去問問可薇到底怎麼了，等下來跟媽報告。」

上了二樓我敲開可薇房門，她正坐在床上，一旁攤著英文參考書和測驗卷。可薇抬頭看我，神情淡淡的，也冷冷的。

「可以跟妳聊一下嗎？」

砰一聲她闔上書，「當然可以，我也正想和妳聊聊呢。」

「是嗎？想跟我聊什麼？」

「妳猜猜。」

我搖搖頭。

「……妳跟何老師是什麼關係？為什麼今天他又送妳回來？」

「妳怎麼知道他送我回來？」

可薇輕哼，「二樓有陽台。」

「那妳看到了些什麼？」

「松兒，妳不是應該幫我才對嗎？」可薇用非常受傷的眼神望著我，「為什麼要這樣對我呢？昨天——」可薇忽然打住，咬著唇。

我不知該說什麼才好，說什麼才對。

我好像應該追問一句昨天怎麼了，但卻不想假裝。

「我不懂，」可薇嘆了口氣，「我不懂要怎麼做才能讓何老師喜歡我。」

「被他喜歡，有那麼重要嗎？」

可薇像是被我的話冒犯一般，睜大黑亮的雙眸，「當然重要！因為我喜歡他，想跟他在一起。」

「萬一，他喜歡的是別人呢？」

可薇換上既冷靜又淡漠的表情，「妳知道何老師喜歡的是誰對吧？妳一定知道，妳和他在樓下講了那麼久的話，一定知道。」

「即使知道又如何？」

「妳可以去幫我打聽那是個什麼樣的對手，」可薇積極起來，「那個女生漂亮嗎？我們學校的嗎？還是校外的？跟他年齡接近嗎？到什麼程度了？這些，全部都是情報，我想要這些情報。」

「可薇，算了吧。」

「為什麼要算了？」可薇大大的眼睛以無邪的目光注視著我，半晌，忽然換上明白一切的神情，「因為，那個女生，就是妳嗎？」

我沒說話。

可薇見我不語，忽然笑了，那是極不屑的笑，「妳憑什麼？妳為他做了什麼？妳倒追他？或者，妳陪他睡了、而且不止一次？」

對於自己到現在還能保持沉默，我相當訝異；我應該跳起來抓狂，我應該大喊為什麼要聽妳說這些，或者我應該回敬她冷笑，然後說真抱歉他就是喜歡我我能怎麼辦。

但比起那些，現在的我更在意的是眼前跟我一起生活六年的可薇。

與其說陌生，倒不如說終於看清了。

「妳為什麼不說話？我都猜對了？」可薇慘白著臉，「我不懂，真的不懂。妳有什麼好？為什麼他跟妳說話的樣子那麼溫柔、為什麼？！」

我感到強烈的疲倦，無力感包覆全身，既不想爭辯什麼，也不想解釋什麼。我轉身要離去，但可薇跳下床，冷不防抓住我的手。

「……松兒，把他讓給我。」可薇眼角含著淚，「妳是個幸福的女孩，妳有父有母，不必寄人籬下，不必看別人臉色過日子，不必擔心會不會哪天被人掃地出門，即使沒了何老師妳也能活得很好，不是嗎？但我不一樣，我的心在他身上，我不能……不能放棄他。」

終於我開口，「我本來就不會和何慕桓在一起。但是，這和他喜不喜歡妳是兩回事。愛情並不是可以傳遞交換的東西，這點妳不可能不明白。」

「是的！妳說得對！可是只要沒有妳，我就可以想辦法贏得他。」可薇的雙頰再度浮現美麗的薔薇色，「松兒，妳不會傷害我的，對吧？我是妳的妹妹，妳說會把我當妹妹！」

我不禁苦笑。

如果妳想贏得他，有沒有我又何妨？

又如果，愛情能用「贏」的。

可薇抓著我的手更用力了，語調從柔軟變得冰冷，「——妳，不會想讓何老師因為妳而被迫離開學校吧？」

我必須承認這句話激怒了我。

我使勁拂開可薇的手，「妳在威脅我？」

可薇後退一步，用手背抹去眼淚，「我在警告妳。」

「依照妳的說法，何慕桓跟我在一起會被迫離開學校，難道，跟妳在一起他就不必離開？難道我是學生，妳就不是？」

「為了他我可以轉學，轉學了就不會被發現。只要我想，阿姨會答應的。」可薇狡黠一笑，「她根本不敢問我為什麼，這點妳比誰都清楚。」

「妳……」

「她怕我，這六年來妳看不出來嗎？阿姨怕我，她怕別人指指點點，怕別人以為她對我不好、說她虐待妹妹的遺孤，阿姨費盡心力想建立一個受人稱讚的偉大形象，所以，我想要的她根本不敢拒絕。」可薇貼近我，「即使我做了什麼壞事，她也不敢教訓我，妳懂嗎？她不敢，怕被其他親戚說閒話！」

「我想問妳一件事。」

「說。」

「何慕桓的事暫且不提，」我努力地想著該怎麼說才好，「我知道妳從來不覺得自己是這個家的一份子，我看得出來。只不過，難道妳感覺不到，我媽是真心對妳好？」

「她才不是。她只想做好人給大家看。」可薇冷笑，「如果是真心對我好，為什麼從來不管教我？她不在意我真正需要的是什麼，她只想扮演一個完美的照顧者角色，接受眾人的掌聲而已。」

「……在這個家，妳好像真的很痛苦。」

「因為這不是我的家。」可薇別過頭，再度換上哀求的口吻，「松兒，把何老師讓給我，拜託妳。」

我搖頭，「何慕桓不是洋娃娃，他是個活生生的人，不是我的所有物。」

「妳只要不見他就可以。」可薇執拗地說道，「沒有什麼感情是不會被改變的。」

「既然如此，即使妳得到他了，他不也一樣有天會變？」

可薇咬咬唇，緊鎖眉頭，「妳是不願意了。」

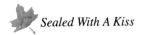

我輕輕搖頭，打開可薇的房門離開。

回到房間我鎖上門，把自己拋到床上，一手拉過枕頭，不希望別人聽到我的哭聲。

——妳不會傷害我的，對吧？我是妳的妹妹，妳說會把我當妹妹！

——媽媽希望妳把可薇當成自己的親妹妹，不，對她要比親妹妹還要好。

——我總是覺得，妳很努力地建構出一種歡快、無所謂、懶得思索的形象；而事實上的妳卻正好相反。

——男生看著喜歡的女生的表情，我知道。

□

日常。

今天一切都是那麼日常。

可薇從早上開始就像什麼事都沒發生過似的，微笑點頭，再微笑再點頭，毫不在意地跟我一起出門。我走向車棚牽車，可薇和往常一樣走路上學。

唯一不同的是，她不再和我說待會見。

「嘿。」

何慕桓從車棚旁竄出來。

我不禁探頭看看轉角可薇是不是已走遠，確定可薇走後我才回頭，「被你嚇死。」

「呵。」

「跑來幹嘛？」

「看看妳。」

這句話比我想像中強大，不費吹灰之力地將我沉鬱的心情一掃而空。

「但我們不能一起走。」然後，我把自己扔回谷裡。

何慕桓理解地點點頭，說道：「如果妳今天放學後沒事，在上次那家超市碰面，可以嗎？」

我點點頭，「好。」

「走吧。」

「說了不能一起走。」我搖頭。

「一小段，五分鐘。」

「……可薇昨天看到你送我回來。」

「她知道了？」

「開玩笑，可薇可是我們班上的前三名呢，多聰明啊。」

「往好處想，也許她就死心了。」

「你太樂觀。」

何慕桓伸手輕觸了一下我的瀏海，「妳露出額頭更好看。」

「……是嗎。」

「黎可薇，會跟裴叔叔講嗎？」

「她考慮讓你前途不保。」我坦白地說，「如果，我不把你讓給她。」

何慕桓靜靜聽著，一點訝異的神情都沒有，只是專注於我的瀏海，「比起我的事，我更在意妳。壓力會很大吧？如果裴叔叔知道……」

我沒有回答。很難想像；這一切對我來說根本就超乎現實。

不經意地何慕桓的指尖觸碰到我的額頭，我閉上眼。

然後，在明亮的晨光之中，何慕桓以非常非常輕柔的動作在我的額頭落下吻。

那是一種相當奇妙的感覺，在瞬間我感到莫名的幸福，但也無比哀傷。

睜開眼時何慕桓微笑著，那如星空般美麗的眼眸閃閃發亮。

「松兒，」走了一小段路，何慕桓打破沉默，「如果我先去見裴叔叔『自首』，會不會比較好？」

「老實說我不知道。也許可薇不會『檢舉』我們呢。」

「她不是那麼單純的女孩子。」

「對了，你之前也這麼說過……你早就看穿什麼了嗎？」

何慕桓笑笑，「妳不是請她幫妳把襯衫還我嗎，她來找我的時候，我就有這種預感。但是，如果那時告訴妳，妳只會氣得大罵我是自戀狂吧。」

「難道你不自戀？」我也笑了，想起在雨中臭罵他的那次。

「嗯、普通自戀吧。」

我看看錶，「欸五分鐘了。」

好像一場正要開心玩樂的派對被討厭的家長打斷，大吼著全都給我滾去睡覺那樣，空氣一下子變得沉重。

何慕桓點點頭，保持著輕淺的笑，「快騎車去學校吧。」

「再見。」

□

把腳踏車停在超市旁的小巷裡，我默默地走了進去。這家超市有個賣咖啡的小角落，只有一張小圓桌，何慕桓已經在那兒了，翻著一本小說。

我並沒有立刻走過去，只是在超市入口處站了一會兒，看著他。

其實這兩天我總是在問自己，為什麼我好像毫不猶豫就接受了何慕桓。所謂的接受並不是那種名分上的指涉，而是精神與情感上的接受。我並沒有逃得遠遠的，對於何慕桓對我表達的情感沒有推卻，沒有拒絕，沒有反感，甚至我知道自己想要回應。

然而我為何願意回應、想要回應呢？

答案再明顯不過。

我是喜歡何慕桓的。可是這種喜歡卻不真切，像是飄忽不定的雲朵般，也許看得到，但卻摸不著。如果喜歡需要理由，那麼，我喜歡上何慕桓的理由是什麼呢？何慕桓又為什麼會喜歡我呢？

還沒得到結論何慕桓就放下手中的書，抬頭看過來。見到我站在超市入口，他朝我一笑，嘴角勾起的小弧度相當好看。

「為什麼呆呆站著？」何慕桓把小說收起，走向我。

我拉了輛推車，把書包扔進去。「在觀察你。」

「觀察我？」我和他一同走入超市，他接手推車，「那麼，觀察到了什麼？」

「……還沒得到結論，你就發現我了。」

「是嗎。」何慕桓淡淡一笑。「今天在學校好嗎？」

「很一般。一樣不想上課，一樣不專心。」我想起每次下課時間都刻意躲開我的可薇，沒來由的傷感。「可薇，今天完全沒理我。」

「難過嗎？」在泡麵貨架的轉角，沒人經過的地方，何慕桓輕輕地牽起我的手，跟他的相比，我的手顯得很小。

「一點點。」

「她也許需要一些時間才能平復心情。叫妳別在意也不可能，我只能說，給她時間和空間，她總會走出來的。」

「其實，除了跟你之間的事，這次可薇也說了一些關於我們家的事。正確來說，是她對我們家的想法。」

何慕桓捏了捏我的手，「什麼樣的想法？」

「我想，與其說想法倒不如說感受。我也知道寄人籬下的滋味永遠不會消逝，但我以為我們已經很努力把這種感覺降到最低，可是，原來沒有。可薇在我們家一點都不開心。」

「畢竟不是她的原生家庭，不是嗎？」

「嗯，這我也知道。」

「……妳真的，不像十六歲的女孩子。」

「難道我看起來像二十五嗎？」

「呵，大部分高中女生在遇到這種情況時，沒辦法冷靜地去考慮這些吧。或者應該說，她們會更專注在愛情上，更單純地把可薇定位成情敵就好。這樣可以更容易直接決定採取敵對的態度。妳知道，二分法懶惰可是卻大受歡迎。」

「可是人不會只有一種角色，也不會僅僅分成朋友或敵人。」

「大部分的高中女生不會說出『人不會只有一種角色』這樣的話。」何慕桓舉起我們交握的手，吻了一下我的手指，「……我就知道我有眼光。」

「眼光？」

「看女孩子的眼光。」何慕桓溫柔笑著。

然後我們聽到了其他客人的腳步，隨即放開手，各退一步。

何慕桓信手拿了包泡麵扔進推車，邁步往前。

結果，為了能在超市裡待久一點，我們在推車裡塞了一堆莫名其妙的東西，馬桶通樂、菜瓜布、椰子洗潔精、環保餐具和大量看起來很蠢的零食；然後在離開時，又花了同樣的時間把商品一樣樣放回原來的位置。

因為，不是能光明正大約會的身分，也不是能夠手牽著手一起去看電影逛街的身分，也許連在捷運上並肩而坐都不太好。

離開超市時何慕桓說今天不會送我回去，他有件非常非常重要的事要去辦。我點點頭，騎著腳踏車回家。

秋天傍晚的風比想像中更涼。

晚風吹起我前額的瀏海，在穿過那座有噴水池的公園時，路燈緩慢亮起，我感到隱約的幸福和強烈的哀傷。宛如潮浪般拍打著我，那劇烈的震動使我不禁顫抖。彷彿行走在哀傷之海的岸邊，灰暗沉重的天空，冷風捲起碎裂的華麗蝶翅，將其帶往遙遠天際，那樣的心情，緊緊纏縛著我。

我想起許久之前讀過的，女詩人瑪麗・伊莉莎白・柯立芝的詩句：

Thou canst not bring the old days back again;

你無法讓時光倒流回到

For I was happy then,

之前快樂的我，

Not knowing heavenly joy, not knowing grief.

當時不知真正喜悅，但也未嚐過哀怨。

家裡沒人。

一個人都沒有，可薇沒有回來，爸媽都不在。奇妙的是，沒有任何一個人告訴我他們今晚會去哪裡。也許這在其他人家是常態，但在我們家卻是第一次。拖著腳步我走上二樓，放好書包後拿了換洗衣服，進入浴室後我將浴缸好好地刷洗乾淨，放水泡澡。

泡在浴缸裡時我拿出了泡澡玩具黃色小鴨。想著何慕桓是怎麼說我的，**我總是覺得，妳很努力地建構出一種歡快、無所謂、懶得思索的形象；而事實上**

的妳卻正好相反。泡澡時需要黃色小鴨作伴，但同時會讀柯立芝詩集的我，好像確實充滿某種怪異的矛盾。小鴨在水中歡欣浮動著，我覺得疲倦。

□

晚上八點多，有人打開了一樓大門，我有點訝異，因為爸媽和可薇同時回來。而媽媽一進家門就大聲叫喚我的名字，尖銳而憤怒的。

下樓時我聽到爸爸把媽推進他們的房間，然後關上門，轉身看著我。可薇站在樓梯口以一種我無法理解的神情看著我。

「到書房來。」爸爸淡淡地說了句。

爸爸的書房是近年流行的北歐風格，三面牆上都有到頂的大書櫃。水泥板和鐵作讓這間書房充滿著某種冷冽而簡約的時尚感。

爸爸讓我在L形的沙發坐下，許久沒在家裡抽菸的他，從茶几上的菸盒拿出一根菸，用火柴點起。我把水晶製的菸灰缸移近爸爸，他點點頭，深深地吸了口往後靠向沙發。

「剛剛慕桓約了我和妳媽、可薇一起見面，都說了。」

我不禁圓睜眼，「什麼？」

「妳媽用水潑了他一身。」爸爸呼出白煙，彈了彈菸灰。

「妳媽本來就是容易激動的人，而且別說她，我聽到的時候也想揍人。妳媽現在還處於需要冷靜的階段，接下來幾天妳要有心理準備。」只抽了一點的菸被捻熄了，爸爸的神情遠比我想像中平靜，「爸爸大致上可以理解，但是身為一個準備考試的高中生，談戀愛是很麻煩的，特別是當妳是真正喜歡那個人，或者對方也真的喜歡妳的時候。妳知道為什麼嗎？」

「……沒辦法專心在課業上？」

爸爸點點頭，「雖然很多時候不管有沒有談戀愛都不會專心，可是呢，一旦心裡有了喜歡、牽掛的人，就更難做好自己份內的事了。爸爸相信並不是每個談戀愛的孩子都會變得一團糟，但是為人父母總是會擔心。

「另一方面，當然也是因為慕桓的身分太尷尬，老師跟學生相處久了發生感情並不是新鮮事，但這種事總是會讓父母害怕孩子受傷，怕自己的孩子沒辦法好好判斷眼前的情況。

「師生之間的情感如果是因為長久相處而產生，那麼，等有一天妳或者他改變環境了，是不是也會因此而淡去？等到那個時候，如果沒後悔是萬幸，如果後悔了，人生卻不能重來。妳明白嗎？」

「明白。」

爸爸點起另一根菸，「明白就好。目前的狀況是，妳媽一定會反對到底，至於爸爸，只希望妳做到幾件事：不要傷害自己，不要傷害別人，不要讓妳媽太失望難過；還有，做什麼事前多想想，想想現在，想想以後。」

我不甚理解，「……我以為爸會暴跳如雷。」

「我也想，但妳媽已經搶先一步發洩完了。」爸苦笑，「妳爸也不是沒在高中時談過戀愛。」

「那，爸允許嗎？」

爸爸沉默了片刻，「如果能不來往當然最好。」

「這話，聽起來不像說死。」

爸爸苦笑，「妳還有妳媽那關要過，爸不想逼妳。」

「嗯。」

「對了，爸有另一件事要問妳。」

「什麼事？」

「慕桓跟可薇是怎麼了？慕桓今天特意對可薇說，他即使沒辦法和妳在一起，也不會改變心意。什麼叫『改變心意』？」

何慕桓這人，竟然毫無預警就全部攤牌。

我支支吾吾，「其實，可薇喜歡他，可薇故意考差了，才能一起上他的家教課。」

爸爸將身體往前傾，重重嘆了口氣，「妳們這些小鬼……」

我低下頭不知說什麼才好。

「妳媽如果知道鐵定瘋掉。」

「應該會想殺了何慕桓。」

「松兒啊。」

「嗯？」

「妳是真的喜歡慕桓？」

被自己的爸爸這樣問，我要怎麼回答才好？

「嗯、應該是。」

「那可薇呢？」

「我想也是。」

「如果是這樣，那麼，也許妳真的不該跟何慕桓來往了。妳每天光是看到可薇，就會感到壓力，這樣也沒關係嗎？」

我搖頭，「其實我不知道，真的不知道。」

「沒關係。」爸爸伸手拍拍我的背，「吾家有女初長成，沒想到平常都不必爸爸操心的松兒大爆發，讓爸爸一次就操心個夠。」

我很感激爸爸能這麼平靜的跟我談論，我拉著爸爸的手，「我不是故意要讓你們失望，讓你們擔心。」

「爸知道。」

離開書房後我回到自己的房間，媽媽已經坐在我床邊了。媽媽看起來哭過，但現在神情平靜。

「媽只簡單說一下，妳現在不能交男朋友，更加不能跟何慕桓在一起。」媽媽說完站起身，「好好整理心情，忘了他。」

「媽……」

「松兒，妳未成年，何慕桓根本是有病。妳好自為之，媽不想時刻緊迫盯人，追蹤妳，或者去學校找何慕桓的麻煩——松兒，別逼媽走到那一步。」媽媽說完，離開了我房間。

過了一會兒我關上房門，上鎖。想打電話給何慕桓，卻發現已經有好幾通他打來的未接來電。

——抱歉，剛剛沒辦法接電話。

——嗯。妳還好嗎？妳媽很生氣，罵妳了？

——沒有，只叫我好自為之，不能跟你在一起。

——預料之內。

——所以，這就是你所說的，今晚要辦的重要的事？

——嗯，我想，讓黎可薇加油添醋一番，不如我主動說明。

——她未必會……

——松兒。

——唔？

——真想見見妳。

我拿著手機笑了，但眼淚也一併滴落。

——明天早上，比今天再早半小時，停腳踏車的地方。

——好。

——不說了，晚安。

——晚安。

□

在早餐桌上媽媽看著比平常更早的我，她想開口，但被爸爸硬生生按了下來。痛苦、焦慮、不安、緊張在空氣中結成一張令人窒息的網，緊緊地束縛著每個人。我知道媽媽的心情，我也知道爸試著在我和媽之間緩衝。就像走在結了薄冰的湖上，誰稍稍不注意，情緒重了點，危險的平衡就會在瞬間破碎。

要出門前可薇才下樓，她當作沒看到我似的，微笑著和爸媽打招呼，在餐桌前坐下。

「松兒！」穿鞋時媽媽奔出來。

我回頭看著媽媽，等她開口。其實，她索性大罵我一場，然後抱著我一起哭出來，也許更好。

但媽媽沒有。

她深深地吸了口氣，「媽媽不會不講理，會給妳時間整理心情……路上小心。」

「我出門了，再見。」

何慕桓從轉角走來，手上有枝粉色玫瑰。「我等了很久呢。」

我接過玫瑰，但卻給不出微笑，「你今天心情很好？」

「我不是個善於壓抑的人，把話說開之後，心情好很多。」何慕桓拿過我的書包，放在腳踏車前籃，替我牽著車。

「家裡氣氛很糟。沒人罵我，可是無形的壓力更難受。我寧可家裡大吵大鬧一場，也不要這樣忍耐。」我有點怨，「都是你。」

「呵。」何慕桓側著頭看我，「都是我嗎？」

「對，都是你。」

「生氣的樣子也很可愛。」

「還笑。我可笑不出來。」我開始發脾氣，「而且，買花幹嘛？又不能帶到學校去，等等就得扔了，多可惜。」

「即使只有一小段時間，也想讓妳收到這朵花。」

玫瑰的刺扎了我一下。

何慕桓注意到了，拉起我的手，「痛？」

「也不想想是誰造成的。」

「第一次見到收了玫瑰反而生氣的女孩子。」

我正要說話，但卻被一聲清脆的手機快門聲打斷。

我和何慕桓同時往聲音方向看去，是拿著手機的可薇。可薇揚起非常甜膩的笑容，閃閃發光。

她揮了揮手機，說道：「沒拍到接吻很可惜，但，牽手照，應該話題性也夠吧。」

「可薇！」我想說些什麼，但何慕桓拉住我。

「想發送還是上傳都請便。」何慕桓報以冷峻而高雅的笑容，一點都不生氣，

「讓大家看看是什麼人會偷拍自己的姊姊，也讓大家議論一下，黎可薇原來很會出賣別人，即使是同個屋簷的家人也不放過。妳就上傳吧，我沒有什麼損失，松兒也不會有什麼損失，大家只會驚嘆，原來松兒比妳更受歡迎。」

可薇那甜膩而張揚的笑凍結，加雜怒氣後凝成一團怪異而不痛快的表情。

何慕桓沒再激她，朝著我低聲說了句走吧，邁步往前。

「……手還痛嗎？」

「喔，」我茫然地看著玫瑰，「不痛。」

「黎可薇大概不會就這麼罷手。」何慕桓說道。

我不知道該搖頭還是點頭。

「最近我們松兒不太笑，也不太『刺蝟』了。」

「『刺蝟』？什麼意思？」

何慕桓笑笑，「總是能很有活力的跟我鬥嘴，不認輸啊。」

「哪有那心情。」

「很在意家人感受？」

「那當然啊。」

「這說明妳是個不自私的人。」

我看著柏油路面，「也許，自私一點才好。」

「妳不夠狠心。心狠一點，才自私得起來，也才不會內疚。不過，我一點都不希望妳變成那樣的女孩子。」

我仰著臉看向何慕桓，「你說我有雙面性，是個矛盾的人，對吧？」

「嗯。」

「其實，我覺得你也是。」在何慕桓表白後，我再也沒看到他輕佻驕傲的神情。

何慕桓笑了，「被發現了嗎。我一直覺得我們很像。」

「是嗎？」不知為何我忽然笑了，「但我不像你，從來沒有收過那麼多情書啊。」

「那我寫給妳。」何慕桓溫柔地看著我。

「不用了，說笑而已。」

「我們松兒什麼時候才能恢復刺蝟的樣子呢？幾天而已，已經覺得懷念了。」

「意思是對我這幾天的態度很不滿嗎？」

何慕桓伸手輕彈了下我的額頭，「是怕妳沉浸在低潮裡太久，不開心。」

「……現在很怕回家。」不想看到可薇，也怕看到爸媽。

「我懂。」何慕桓輕聲說道，「對不起。」

「噗，我也有聽到何慕桓道歉的一天啊。」

「那，我什麼時候會有聽到裴松兒說『喜歡我』的一天呢？」

如果不喜歡你，現在就不會在這裡，也不會因為難過，而變得不『刺蝟』了。我想這麼說，但終究沒有。

因為我相信，他懂的。

□

這幾天，早上和下午都會和何慕桓碰面，不得不承認，每次他送我回家的路上，我都很努力地想要記下歸途裡的一切：在秋風中乾燥迴旋的落葉、沒有一絲雲的灰藍天空、人行道上因鏽蝕而顯得淒涼的長椅、遠方反映著夕陽的玻璃帷幕，甚至連公園裡八卦又聒噪不已的媽媽們，我也努力刻在心中。

這些記憶支撐著我，讓我在家裡不致崩潰。

可薇仍不理我，但我已經放棄；最令我感到痛苦的是媽媽，她每天都帶著一種

「又過了一天，妳的心情整理好了沒？和何慕桓劃清界線了沒？」的眼神看向我，當我斂下眼迴避她的探詢時，她也獲得了讓她失望的答案。

我不停地讓她失望，不停地，因為我始終沒有往她期待的方向走。

即使我認為我和何慕桓並不會發生什麼真正逾矩的事，也想過求媽媽睜一隻眼閉一隻眼，但我並沒有開口。

就這樣過了十幾天，一個晴朗的下午，我被叫到了學校輔導室。在那裡有幾個人等著我，大概是什麼教育局之類的地方派來的，其中還有看起來骨瘦如柴，穿著奶白色高級套裝、留著清湯掛麵妹妹頭的女督學。

看到這麼大陣仗，我多少心裡有數，在同個時間，應該也有另一群人團團包圍了何慕桓吧。

可薇把那天的照片寄到督學那裡了。

輔導室的中年歐巴桑老師請我坐下，還倒了一杯水給我。

我知道接下來會是什麼，也意識到這終究會從「兩個人的事」，變成「大家的事」。

08

「妳沒事吧？」站在我家門口的是曾靖南，一臉擔憂。

「真沒想到你會來按電鈴，我以為又是什麼奇怪的教育單位還是輔導人員。」

「……妳臉色很不好。」

「因為貧血。」

「又貧血？」

「是一直都在貧血啦。」

「我很擔心妳。」

「謝謝。」我伸手大力拍了一下曾靖南，「果然還是朋友好。」

「妳不要裝沒事。」曾靖南說道，「現在要請假多久？一星期？」

「不知道。請到我爸媽說我可以去上學為止吧。」

「……這幾天，有跟何老師見面嗎？」

我搖搖頭，「我都在家，總不能叫他翻牆來吧。」

「電話聯絡呢？」

「嗯，都在半夜。」

曾靖南露出放心不少的表情，「至少還能使用手機。」

「也許過兩天教育單位的高官就會建議我爸媽沒收了。」

曾靖南定定地望著我，「必要時，我可以替妳傳遞訊息或書信什麼的。」

「你也太善良。」我笑了，這幾天來第一次，眼淚也隨之奪眶而出。

「妳……別哭。」曾靖南馬上變得手足無措，「等一下，我有手帕。」

我接過曾靖南從背包裡掏出來的白手帕，「全台灣那麼多高中男生，會帶手帕的大概也只有你了。」

「是嗎。」他搔搔頭，不太好意思。「妳爸媽他們……」

本來爸媽的態度並不強硬，在爸的主張下媽一直忍耐著想等我自己回心轉意，但現在不同了，校方和各式各樣的公權力介入，他們反倒被批判成放縱女兒、不加管教的失敗父母。

我記得前兩天有個類似輔導員之類的小姐，對爸媽這麼說：**都不管教女兒，等肚子被弄大了才要找社會局、才要對人家提告嗎？**

媽媽氣得發抖。

我甩甩頭，不再去想，「總不會是愉快的事嘛，你懂的。」

「妳愈是這樣淡然，我愈擔心。」曾靖南凝視著我，「如果妳放聲大哭，發洩情緒，我還覺得好一點。」

「你跟何慕桓說的一模一樣。」何慕桓說我現在是『反刺蝟』了，針朝內，拚命扎自己，但外表卻看不出傷痕。

「有什麼是我可以幫妳的？妳有我家裡的電話吧？也有mail？萬一手機真被沒收了，還有其他管道可以聯絡。」

「這時候就很後悔沒養信鴿哩。」我故意開玩笑。

曾靖南皺眉，沒接話。

「欸你今天該不會專程來看我哭吧？」

「我不是這個意思——」

「好啦我知道，」我打斷他，「我真的知道，真的。你別擔心，要是連你都為了這件事傷神，那我真是太罪過了。」

曾靖南欲言又止地點點頭，然後從背包裡拿出一片明治巧克力，「聽說，吃甜的心情會好。」

「謝謝你。那我就收下了。」我沒裝客氣，如果推託反而虛偽。

「希望不開心的事快點過去。」

「嗯真的。」

「那我先走了，有什麼事就跟我聯絡。」

「嗯嗯，你路上小心。」

曾靖南望著我，半晌，才邁步離去。

我站在原地目送曾靖南，覺得自己真的傷害了好多人。

現在，連他也為我操心了。

——欸明天你要去學校嗎？

——停職中，很閒。

——那帶我出去玩。

——妳能出來？真的？

——可以，而且是一整天喔，去遠一點點的地方也行，門禁是晚上十點。

——好，沒問題。只是，裴叔叔怎麼會願意讓妳出門一整天呢？

——因為我們家很開明。

——妳老實說為什麼。

——明天見面再告訴你，你要負責規劃行程喔。

因為哽咽的緣故，沒辦法打電話；因為淚水的緣故，沒辦法好好打字。以前一直認為大笑會讓肋骨發痛，今天才知道原來哭泣也會。我忍耐著傳送了可愛的貼圖，隨後抱起枕頭，想讓枕頭把我的哭聲掩蓋。

枕頭不夠，我拉起被子蒙住頭，才敢放聲大哭。

□

凌晨四點我起床梳洗完下樓到了廚房。

會做的料理並不多，在檢視完冰箱後我做了簡單的三明治和雞蛋捲，拿出預備好的保鮮盒備用，還煮了咖啡。仔細想想我並不知道何慕桓喜歡吃些什麼，唯一跟他一起用餐的一次是吃韓式料理，那天我被辣醬辣得想哭。

不知何時媽走了出來。

「吵到妳了，抱歉。」
「要做便當帶去吃？」媽媽的口吻非常平靜。
「嗯。」
她走進開放式的廚房，撕了兩張紙巾替我把沖過水的保鮮盒擦乾，說道：「要擦乾再放食物。」
「謝謝。」眼淚就這麼落在砧板上。
「松兒。」
「嗯？」
「跟喜歡的人分開，不容易，媽知道。」
「嗯。」
「也許，等以後，妳會發覺，現在所謂的喜歡太不切實際。」
我無法預測以後的事，然而此刻的我確實是喜歡著何慕桓。
媽見我沒應答，不再說什麼，放下保鮮盒後回房。
聽著媽媽關上房門的聲響，我深深地吸了口氣，小心翼翼地把蛋捲放進保鮮盒中，不知道是不是嚐得出離別的味道。

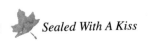

提著便當和咖啡我走出家門，才剛關上大門，何慕桓就衝上前緊緊擁住我。他的臉埋進我的髮中，我從來不知道自己這麼能哭。過了好一會兒何慕桓捧起我的臉，用拇指拭掉我的眼淚，輕輕地吻了下我的額頭。

我用手背抹了抹臉，另一手舉起便當，「我做了吃的，雖然手藝不好，但你一定要全部吃光。」

何慕桓相當驚訝，「妳還好嗎？」

「很好啊，為什麼這麼問？」我揚起笑。

何慕桓憐惜地用掌心滑過我髮際，「能夠出門玩整天，還親手做了便當——在這個時間點上太不尋常了。松兒，妳在想什麼？」

「在想，你今天排了哪些行程。」不能在這個時候說破，不可以。

何慕桓沒再追問，淺笑，「我們去遠一點的地方走走。」

我主動地牽握著何慕桓的手，今天沒穿制服，不必刻意離得遠遠的。「嗯，好。」

後來我們到車站搭上了往東北方向的火車。大概因為是平日的緣故，車廂裡沒什麼人，我們靜靜坐著，聽著火車行駛的聲音，他的手指繞著我的手指。

不知不覺地，我倚著他的肩，慢慢地睡著了。

在福隆車站我們下了車，慢慢地往海濱公園走去。

秋日的海邊沒什麼遊客。

何慕桓攬著我，以非常緩慢的速度踩踏在沙灘上。

不知道為什麼，我們一路上都沒說什麼要緊的話。既沒有像以前那樣吵吵鬧鬧，也沒什麼盡訴相思，就只是感受著對方的體溫，靜靜地走著。

從來沒有提過什麼「男女朋友」，也不曾宣告我們正在「交往中」，但此刻的何慕桓和我非常確實地緊緊依靠著。今天的天空帶著淡紫色的灰，海浪的聲音遠比記憶中來得大，空氣中夾帶著沙粒，我努力聞著海水的氣味。

別離的氣味。

「……松兒。」

「嗯？」

何慕桓望著海，我仰頭注視著他的側臉。

「……沒什麼。只是想說說妳的名字。」何慕桓轉頭，微微一笑，漂亮的嘴角勾起，「記不記得妳說過，我不需要知道妳的名字？」

「你那時真的很自戀。」我說，「那天，曾靖南託我把情書轉給可薇，我拿著他的情書，不想回教室，才走上頂樓的，沒想到剛好看到那個女生跟你告白。」

「是嗎。」何慕桓移動腳步，從我身後環住我。

「……今天的海，看起來很淒涼。」

他沒有回應，沉吟許久，才開口，「……今天，是不是，我們最後一次見面？」

我在他的懷裡轉身，仰著臉，注視著那藍黑色的雙眸。「你知道？」

何慕桓低頭，鼻尖碰觸我的，輕緩而溫柔地。

我環住何慕桓，帶著顫抖與緊張踮起腳，主動地吻上他的唇。

這會是最初，也是最後的吻，

既幸福，又充滿悲傷的吻。

何慕桓一手環住我的腰，另一手撫著我的髮，熱烈地回應我；我想我們同時都嚐到了帶有淚水的吻，以及帶有哀愁的愛。

連靈魂都為之顫抖。

過去多少快樂記憶　何妨與你一起去追

要將憂鬱苦痛洗去　柔情蜜意我願記取
要強忍　離情淚　未許它向下垂
愁如鎖　眉頭聚　別離淚始終要下垂

回到台北時已經接近九點，在月台邊我停下腳步，對何慕桓說道：

「別送我。」

「——妳想清楚了？」

我當然明白他問的是什麼。

我點點頭。

何慕桓用力地捏著我的手，「我做不到。」

那疼痛在此刻是種幸福，我執著何慕桓的手，「你知道我喜歡你，非常。」

「所以我們不該分開！」何慕桓不顧這裡是熙來攘往的月台，低吼著。

「不是分開，是我逃走。」我低下頭，看著彼此緊握的手，因為我不敢看何慕桓那蒼白的臉。「是我不好，我沒有勇氣。」

何慕桓毫不猶豫地緊攫住我。「我會給妳勇氣。」

我推開他，搖頭，「在可薇把照片發送出去之前，我覺得我們可以試試看，但是，現在情況不同了，我沒辦法看著我爸媽為了我心痛。那些人，把我爸媽當作對子女漠不關心的父母，指責他們，認為是他們從來不關心我，才會導致我想從你身上尋求注意。」

事實就是，沒有人能理解，在我和何慕桓之間的是愛情。

他們認為何慕桓就是個不顧倫理和道德的下流之輩，而我是無人關心，願意用身體去換取何慕桓注意的扭曲學生。

並且宣稱這一切都是我父母造成的。

何慕桓深深的，苦苦的望著我，「也許，我們可以等。等到妳成年、考上大學，只要等，就可以了，不是嗎？」

「因為我太喜歡你了，所以沒辦法忍耐，總是會牽掛你、想到你的身邊。難道你不會嗎？」

「我會。總是牽掛妳，總是想讓妳留在我身邊。」何慕桓的掌心貼上我的臉。

「所以我非走不可。」

「——既然如此，那麼，應該是我離開。」

我堅決地搖頭，「留在這座城市，我沒辦法放下，到處都是你的影子。」

「即使離開了這座城市，難道妳心裡就不會有我的影子？」何慕桓苦笑。

「至少，我可以把心力投注在新環境上。」

「這個時候，我多希望妳是個全然幼稚自私的平凡女孩，不顧一切。」何慕桓斂下眼，「但妳不是。」

「而你喜歡我不是。」我深深地吸了口氣，「我該回去了。」

何慕桓沒有說話，凝望著我。

「每次都是你目送我進家門，這次換我看看你的背影，好嗎？」

我已令你快樂　你也令我癡癡醉
你已在我心　不必再問記著誰
留住眼內每滴淚　為何仍斷續流　默默垂

□

回到家後我將保鮮盒和保溫瓶拿到廚房清洗，三明治、蛋捲跟咖啡到底是什麼味道其實我完全沒有印象。我有點恍惚，像剛剛從一場夢裡醒來，連腳步都無法好好控制。

今天是我第一次也是最後一次跟何慕桓約會。第一次光明正大地牽著手、攬著肩。第一次接吻。而這些，也會是最後一次——

『什麼？妳說，妳要去高雄？妳姑姑家？』媽嚇了一跳。

『嗯，請幫我辦轉學。』

『轉學？妳不是只去幾天？』

『待到畢業。反正姑姑一個人住，房子那麼大，她不也說如果我以後念高雄的大學，可以住她家嗎？』我很努力地讓語調平穩。

媽臉色相當難看，『為了何慕桓？』

『不離開這裡，我沒辦法整理心情。』

媽看向爸爸，爸不置可否。

『而且，我不想再和可薇住在同個屋簷下。』我淡淡地說，『我相信她也絕不想再見到我。』

我停了停，繼續說道：『難道，要讓可薇走嗎？我們都知道這是不可能的事。』

任何人如果聽到可薇要離開裴家，直覺一定是裴家做了什麼對不起可薇、欺負可薇的事，或者，無情無義，不願意再照顧可薇。這是必然。即使把一切攤在陽光下受人公評，也總有聲音會責備著我們：為什麼會讓可薇喜歡上學校的老師、為什麼連松兒都一樣、為什麼松兒和可薇竟然為了學校老師變成這樣、你們到底是怎麼為人父母的、可薇太可憐了……

人總是如此，毫不在意真相，只喜歡抓到機會就站出來指責別人，彷彿自己完美無缺、而對方真的需要這些無意義的意見。

所以，可薇不能離開裴家，她一旦要走，那麼爸媽就會受萬夫所指。無論如何，都是我離開最好。

『我們怎能放心讓妳一個人去高雄？』爸開口，『雖然妳姑姑一定很歡迎妳，但妳並不是要去玩，而是要去念書，一待就是一年多，妳姑姑一個人生活了這麼多年，自由自在，也得考慮到她才行。』

『我這兩天跟姑姑聯絡過了，她說有房間，而且她家附近就有學校……我也把我的情況跟姑姑說了，姑姑要我馬上過去。』

媽媽瞪大眼，『妳說了？妳跟何老師的事？妳怎麼能說呢？這樣妳姑姑會怎麼想我們？』

『媽，別人怎麼想我們，很重要嗎？妳為什麼總是在意別人的眼光、然後把自己逼得那麼累？』我忍不住說道，『可薇的事也一樣，為什麼要為了那些無謂親戚的目光掙扎呢？為了怕他們閒言閒語，所以完全放任可薇。這樣，對可薇根本不是好事。』

『好了！怎麼對媽媽這樣講話。』爸爸沉聲說道，『妳沒必要去高雄。』

『那，你們不反對我跟何慕桓走很近？』想了想，實在不想用「交往」這個詞。

『那可不行！絕對不行！與其如此，還不如讓妳搬去高雄住一陣子。』

媽媽跳了起來，『妳是學生他是老師，不可以，休想！』

『松兒，』相較於媽的激動，爸冷靜許多，『妳真有喜歡慕桓到需要離開這裡才能放下他？』

『我也只喜歡他到這種程度……如果更喜歡一點，也許我就求他帶我走了。』我不知哪來的勇氣說道，『但是我不會這麼做。』

因為我不想讓你們如此傷心，我不想你們再被那些外人指責，從小到大都是你們保護我，這次換我保護你們。

『如果何慕桓還是去找妳，他不放棄呢？』媽問道。

『……所以，明天給我一整天的時間吧，我要好好跟他告別。』說這話的時候我的指甲陷入掌心。

爸爸從沙發站起，走近我，扶著我的肩，『爸相信妳，妳會做出最恰當的判斷。』

□

爸爸從儲藏室扛來了行李箱。把房裡的所有東西全裝箱需要好幾天，我決定只帶一些必需品。連何慕桓我都能放下，這房間裡又有什麼是我非帶不可的呢？

不，還是有的。

從床底我拉出那個紙袋，何慕桓的白襯衫。連同紙袋我放進行李箱，我想這樣就夠了，就可以給我忍耐下去的力量。

房門無聲息地開了，正在整理行李的我，看見可薇穿著睡衣站在門口。

「聽說妳要去高雄住一段時間。」

「嗯。」

「……妳有什麼話要跟我說嗎？」

責備妳把事情搞大嗎？

怨恨妳毀掉我跟何慕桓本來擁有的微小希望嗎？

抓著妳的頭髮逼問妳為什麼要這樣對我嗎？

「沒有。」

那麼妳呢？妳又有什麼話要跟我說？

而我只聽見可薇深深吸了口氣，然後轉身關門離去。

□

——哪天走？

——大後天，星期六。

——我沒辦法去送妳，我做不到。

——我也怕你來。

——如果我衝去挽留妳，是不是一切就會完全不同？

——你知道張國榮有首歌叫〈緣份〉嗎？

——知道。

——我正在聽著那首歌。

每段美好的片段　腦海一再閃現　是否能證實　曾與他有緣
在困苦中百轉　但結果在眼前　事實證實無緣
我已不敢再說　來日　可相見
你我相隔多麼遠　哪年哪天可相見
那處境可會　改變？

□

離開台北前，我還有一個非見不可的人。

「嗨。」曾靖南穿著簡單的深藍色帽T和牛仔褲在我面前坐下，「找我？」

「嗯。」

「怎麼不約公園？麥當勞很吵。」

「很吵才好。」在太安靜的地方我怕我會哭。

「怎麼了？」曾靖南大概發現我神色不對，擔憂地問道，「又發生什麼事了嗎？」

「是有一些事，但好長，講起來太累了。」我撐起笑容，「作為朋友，跟我握個手吧。」

曾靖南沒有拒絕，伸出手來和我一握，「妳的手很冷。」

「你的很溫暖。」我笑笑，鬆開。

「妳不對勁，非常不對勁。」

「你知道嗎，你說得沒錯，我真的沒什麼朋友。」我說道，誠心誠意地，「謝謝你當我朋友。」

「裴松兒……」

「這學期我要先休學，然後搬去高雄我姑姑家住。」

曾靖南大驚，「為什麼？！」

「因為，想徹底切斷台北的一切。」

「……一定要去？」

「嗯，不是我父母要送我去，而是我自己想去。留在台北，家裡，學校，都會讓我很難振作。」

他似懂非懂地點點頭，無限悵然，「我會想念妳。」

「我也會。你，是我朋友啊。」

曾靖南的嘴角浮起奇異的、我無法理解的笑容，「今天是來道別的嗎？」

我點頭，「我會把所有聯絡方式都換掉。」

曾靖南望著我，半晌，「妳跟何老師，現在——他沒留妳嗎？」

我苦澀地笑，「你知道，為什麼我會喜歡上他嗎？」

曾靖南搖頭。

「因為他總是懂我在想什麼。」

「我不明白。」

「何慕桓知道我為什麼做了這樣的決定，他能理解。」

「……我以為，妳和何老師會約定，等妳考完大學，或者成年，什麼的。」

我搖頭，「只要約定了等待就會難以放手。」

「所以就不要放手啊，忍耐一段時間不就好了？」沒想到曾靖南竟激動起來。

「你知道，為什麼何慕桓跟我的事會鬧得全校皆知，連校方都介入嗎？」

「不知道。」

「可薇也喜歡何慕桓，所以她拍了我跟何慕桓在一起的照片，向教育局什麼的檢舉，事情才會愈來愈麻煩。」我苦笑，「姊妹喜歡上同個男人，最好的結果就是誰都得不到。」

曾靖南反駁，「但是妳跟何老師互相喜歡，可薇應該要退出。」

「不只可薇，為了何慕桓，我父母也很痛苦。所有來我家拜訪的輔導老師還是什麼督學長官之類的人，全都把這一切怪到我父母頭上。為什麼我爸媽得受到這種待遇？他們做錯了什麼？這不公平。」

曾靖南深深地望著我，「……妳有妳決定的理由，我不能說什麼，而且，我想妳已經下定決心了。但是，松兒，妳真的不會後悔嗎？就這樣離開，妳捨得嗎？」

我沒有回答。

「……以後再也見不到妳了？」

「也許有天會再見。」

「裴松兒！」

曾靖南忽然抓起我的手，十分用力。

我望著他，等他說話，而曾靖南只是閃爍著目光，欲言又止。

許久，他放開手，很懊惱似地說道：「對不起，希望沒弄痛妳。」

「你是個很棒的朋友。要好好照顧自己。」

曾靖南點點頭，「妳也是。」

走出麥當勞後曾靖南堅持要送我回家。

我想起剛認識曾靖南時他硬是要陪我走回家的情景，忽然覺得好傷感。總是別離時才知道對方的重要，真的是萬年不變的真理。

「欸。」

「嗯？」

「你以後真的會當醫生對吧？」

「對。」曾靖南大概沒料到我會突然這麼問。

「那就好。」

「什麼意思？」

「如果有一天我很想很想見你，也許那時我可以偷查全國執業醫生的名單，然後去你的醫院玩耍。」

「看來我真的非當醫生不可了。」曾靖南笑道。

「我會特別留意明年醫科榜單，所以你要用功，知道嗎？」

「好，知道了。」忽然他停下腳步，「妳還記得，妳問過我為什麼要當被人厭惡的婦產科醫生嗎？」

我點點頭，故意取笑，「終於要揭開謎底了嗎？現在不說，以後就沒什麼機會說了喔。」

曾靖南笑了，「對，所以我招供了。」

「那好，你說吧，我洗耳恭聽。」

「我媽，在我國小六年級的時候，難產過世了。我的弟弟也一起，沒有救活。」

我不由得倒抽一口氣。

「我們家就剩我爸、我和我妹。我爸還好，他就工作工作再工作，我也還好，小學六年級也不是完全沒辦法打理生活的情況，但我妹那時還小，剛上小一，她很難理解到底發生了什麼事。媽媽呢，弟弟呢，她會說，她在等弟弟出生，可以當小姊姊。」

我不禁握住曾靖南的手，而他微微顫抖。

「比較大一點之後，我開始注意相關的醫療議題，所以下定決心。我永遠都記得那種找不到醫生、等不到醫生，眼睜睜看著生命一分一秒流逝的恐怖情景。」曾靖南語畢斂下眼。

我說不出話。

反而是曾靖南開口安慰我，「沒事的。我已經不是小孩子了。要當醫生沒那麼容易，何況還是不受歡迎的厭惡性科別的醫生。」

「你可以的，一定沒問題。」

曾靖南回握我的手，揚起溫柔的笑。「妳要過得好才行。一定要。」

□

離開的那天只有爸送我到高鐵站，行李箱很輕，除了必要的衣服我什麼都沒帶。出發前爸給了我新手機新門號、信用卡附卡和提款卡，還有一封信。

「爸寫的？」我笑笑，「我從來沒收過爸的信，倒是爸收了我不少張父親節卡片吧？」

爸不置可否，「上車再看。」

「好。」

「到了高雄打個電話給爸，姑姑的電話地址妳有吧？她說會去接妳。」

「嗯，我知道。」

「妳媽很難過，她很自責。」

「爸這陣子少去應酬吧，多陪陪媽。」

爸爸點頭，「高雄也不是國外，想回來隨時都可以回來。」

「好。爸，再見。」

「再見。」

上車之後我放好行李箱，怔怔地看著車窗外。

等到過了台中，我才從包包裡拿出那封有點厚度的信。

信紙上是有點陌生的筆跡，那陌生的飄逸筆跡寫著我的名字，密密麻麻地寫滿了七張信紙，再沒有別的字。

何慕桓的情書比陽光無腦美少年的還糟。

我笑了，同時滑落的淚水讓信紙上的筆跡糊成纏綣纏綿的痕跡……

『偷看夠了沒？』傳說中的何慕桓冷不防走向我，打量著，然後目光停在我手上的白色信封，『拿走吧，我不會看。』

『你以為……』這是要給你的情書？！你這人有病吧？

『妳知道我——』

『一星期收到多少封情書嗎？』我火大地幫他唸完台詞，揚起手中的信，『這，不是要給你的！』

何慕桓勾起一抹毫不相信的笑，是很好看，但不代表他可以如此自戀，『妳是惱羞成怒了吧？不敢承認？算了，總之，我不會看。』

『又不是寫給你的，你看什麼看啊？』就算對方是老師我也無法忍受，『你也太——啊！』

一陣風起，沒想到那封情書就這樣離我而去！

不行！我往前縱跳伸手抓住被風捲高的白色信封，卻不小心撞在他身上。

被我完全撞倒後還被我當作墊子跪坐的何慕桓瞇著眼。『──妳在幹嘛？』

嘖有點後悔沒撞歪他的臉。

『抱歉。』但我還是乖乖道歉，原本按住他胸口的手趕緊縮回，小心地從何慕桓身上下來。

『告白不成要來硬的嗎？』

『你、你胡說什麼？我是怕那封信被吹走。』

『怕撿到的人看了之後知道妳暗戀我？』

『撞倒你很抱歉，跪在你身上我也很抱歉，但是我沒有暗戀你。』我揚起白色信封，『我再說最後一次──這，不是要給你的。』

我順好裙子轉身要走，但「傳說中」的何慕桓老師卻從背後叫住我，『──妳叫什麼名字？』

『一個你不用知道的名字！』

09 很久很久之後

之一

雖然不是很認真上課的類型，但我還是以極快的速度騎著腳踏車衝向文學院教學大樓。考上大學之後因為過度鬆懈而學會賴床，雖然大都只是小賴幾分鐘，但不知為何這星期已經連續兩天不知不覺就多睡了快半個小時。

這也就是我為何膽敢在校園裡「飆車」的原因了。

曾經猶豫過不想填台北的大學，但老是待在高雄也不是辦法。於是考上大學後我還是回來台北，選擇在學校附近租房子。當時並不知道可薇沒打算在台灣念書，直接辦了英國留學；可薇出國後，爸媽問我要不要搬回家裡，但我不想。那個家被鎖在記憶裡，一點都不想去碰觸。

那個家，那扇大門，是某個人總是等待我，目送我的地方。

我想我不是很擅長割捨什麼的類型，因此即使在三年之後，仍然沒辦法正視這座城市，正視我曾經和某人一起漫步的路途，以及所有相關的記憶。考完大學後，還沒放榜的某天，爸爸透過電話告訴我，鐵腿叔叔說某人去了日本，念書還是研究，之類的，我不是很明白為什麼要告訴我這個消息，難道不怕勾起我什麼回憶嗎？

——他說要告訴妳。讓妳可以回來，回到這裡。

爸在電話那端如是說。

沒有他而只有回憶的城市，就像加了黑白特效的風景照，美麗但死寂，然而我已經習慣。我很慶幸就讀的大學在城市邊陲處，距離我和他的曾經有些遙遠；學校附近四季都顯得無比潮濕，讓我可以把偶爾不自覺從眼角流滲的透明液體解釋為過多的水氣——

一輛黑色豐田忽然從停車場出口衝了出來，我煞車不及連人帶車就這麼橫飛出去。雖然不是沒摔過車，不過在剎那間確實有種啊不會吧原來真的要英年早逝的感嘆。不過其實並不嚴重。

只是車倒人落地，也沒有感到很劇烈的疼痛，有點嚇到，有點頭暈。雖說瘀青絕對免不了，不過好險現在是冬天，全身包得緊緊的，至少不會破皮。

黑色豐田車主下車走向我，「還好嗎？有沒有哪裡受傷？需不需要救護車？」

「可以麻煩扶我起來嗎？」

「真的可以動嗎？如果有哪裡受傷就不能——」我沒抬頭，但聽得出黑色豐田的車主倒抽一口氣，接著，他單膝跪下來。

「……」換我倒抽一口氣了。

這時，停車場附近的校警跑了過來，「要叫救護車嗎？同學，妳沒事吧？」

「沒事！」我跟何慕桓異口同聲叫了出來，校警先生露出不甚理解的表情。

何慕桓向我伸出雙手，我什麼動作都沒有，只是呆呆注視著他。

何慕桓那像是夜晚星空般的藍黑色眼睛泛著隱隱水光，他重重地呼吸著，胸口起伏不已，我知道，因為我的心也像發狂似的亂跳。

校警先生在我和何慕桓身邊說了什麼我不清楚，只知道何慕桓眼裡那深摯而動人的情感像張巨大的網在剎那間籠住我。

在那一刻我忽然意識到自己有多幸運，淚水就這樣決堤。

「別哭。噓，沒事的，別哭。」

何慕桓輕緩地擁我入懷，低低的，緩緩的說著：

「沒事，我在這裡，沒關係的。」

我極用力地抱緊何慕桓，像是想把身體裡積壓已久的情緒藉著擁抱傳遞給他，我從來都不知道自己這麼能哭，而且還是放聲大哭，像個孩子似的。

何慕桓也以同樣的力道回擁我，互相交換著清晰的心跳和顫抖。

校警先生還在說話，而且好像有愈來愈多人停下腳步圍觀。我想起吐在何慕桓雪白襯衫上的那天，此時此刻，也感到和當年同樣的暈眩。

於是我閉上眼。

何慕桓毫不避忌地吻著我耳際，還有耳際旁的細髮，即使我想我和他都聽到了圍觀者手機傳來的快門聲，他的輕吻也沒有停止。

我在這裡，一直都在。他低喃著。

原來你根本不曾離去，原來我從來沒有真正放下你。

終於何慕桓用雙手捧起我的臉，吻去我的淚水，人群中傳來叫好和更多快門聲。

「——這次，絕對不會再讓妳離開我身邊。」

之二

「欸。」
「嗯？」
「我們好糟糕喔。」
「哪裡糟糕？」
「就，搞到最後還是師生戀啊。」
仔細想想真的是……
當年是高中數學老師跟女學生，現在是大學講師跟女學生，一樣都很糟啊！我這到底是在幹嘛，早知道就不要逃走，青春最美好的三年就這樣咻一下不見，怎麼想都覺得繞了一大圈還是回到原點那當初幹嘛繞圈？！
曾靖南大笑，「是挺浪費時間的。不過何老師是電機系的講師，妳是中文系的學生，這樣應該 OK 吧？」
「不知道，聽說他們系上正在開會研究這件事。」
「那當然，程序上一定要。妳跟何老師這麼高調，在大庭廣眾之下激吻，還佔用本校交通要道，差點上了水果日報，就算校方想睜隻眼閉隻眼都不可能。」曾靖南說道，「當年妳逃到什麼南部親戚家，考完大學才回台北，那時何老師去了日本做研究，本來也以為就這樣結束，誰會想到何老師不但回台灣，而且今年開始在我們學校教書，對吧？」

「不知道不知道啦，現在去上課超丟臉的。」

「不是請假一星期嗎？」

「這種狀況也不是一星期之後再出現大家就會放過我的啊。」

「早知如此，妳跟何老師當年根本就不必分開。」曾靖南看看錶，「我要去上課了，妳保重。」

「欸什麼時候一起吃個飯？聽說你換女朋友了，帶出來見一下吧。」

曾靖南笑道：「等這個交往滿一個月再說吧。」

「哈，花花公子。」

曾靖南後來跟我念同所大學。

當我在圖書館無意間碰到他時，已經是大二上的事了。那時的曾靖南早就不再是陽光無腦美少年，而是醫學院最有名的花花公子。據他的說法一直換女朋友是情傷治療的一種，但我始終不明白，除了當年被可薇拒絕之外，曾靖南到底何年何月受過怎樣的情傷——每次想到總會問，但他卻只是笑著搖頭。

目送曾靖南離去的背影，忽然間我想起了很久很久以前在某個公園裡和曾靖南共同度過的時光。

——如果何老師跟妳告白……妳會答應嗎？

——我不回答假設性問題。

——那如果我跟妳告白，妳會答應嗎？

——不好笑，而且這一樣是假設性問題！

——所以，如果我想知道答案，就得跟妳告白對吧？

我猛地站了起來，椅子被我往後一推，與地板發出刺耳的摩擦聲。

正要下樓的曾靖南也聽到了，他停下腳步回頭。

我衝向曾靖南，他不明所以，但揚起和那時沒兩樣的陽光笑容。

「怎麼啦？」還是那麼令人安心的語調。

我想很可能是我自作多情或會錯意，但我還是開口，「欸你。」

「我？」

「……你、你……」糟了又不知道該怎麼說才好。

曾靖南微笑著，等我把話說完。

「謝謝！然後，對不起。」

就算完全會錯意也不管、萬一是我厚臉皮想錯了，到時、到時再亂拗好了！

曾靖南笑容一瞬間斂起，但又轉濃，「好險沒什麼其他客人，不然妳就等著再成名一次。」他伸手，是第一次，抓亂我的瀏海，「……能笨到這個時候才領悟，也真是不容易。」

不知道說什麼才好，可惡又想哭了，我最近怎麼老是想哭？！

「你又知道我領悟什麼了？」

「這種表情，在我面前還是第一次，應該，終於明白了吧。」曾靖南以回憶般的口吻說，「……那時，不知不覺，就喜歡上妳了。好像是在哪天回家的路上，有風，有陽光，在有噴水池的公園，不知道為什麼突然覺得很幸福……我想，那好像就是喜歡，真正的喜歡吧。」

「真正的？」

曾靖南彷彿回到當年，再度露出久違的靦腆，「因為，之前一直以為自己喜歡黎什麼薇嘛。」

「謝謝你，喜歡過我。」

「不客氣。還有，不是『喜歡過妳』，是『愛過妳』。」曾靖南幫我順好瀏海，「不要哭，我可不想再跟何老師談判一次。」

「什麼意思？」

「字面上的意思，想知道就去問他。我真的要遲到了，再聯絡。」

「嗯，快去吧，再見。」

回到玻璃窗邊的座位我悵然地看著天空。

突然不明白自己是真的笨到沒有察覺，還是潛意識逃避。

「好朋友」三個字總是牢牢黏附在曾靖南的身上，成為一種標籤。也許是我努力不讓這標籤掉下來；又也許，我之所以不願讓「好朋友」標籤脫落，是害怕越過了那條線之後，說不定有一天連友情都無法擁有。

忽然間感到一絲淡淡的感謝，還有很多很多的幸福。

又哭了，真是，沒完沒了，自從認識曾靖南和何慕桓之後，我根本就被水龍頭附身了吧可惡。氣死我了。

我拿出手帕，想起曾靖南多年前借給我的那條白手帕。被我裝在可愛的紙盒裡帶往高雄，後來考上大學搬到學校附近，又跟著我回來台北，現在那條手帕正躺在我的抽屜裡。

手帕，和曾靖南的心意。

我會好好珍惜。謝謝你。

之三

「發呆？」何慕桓不知何時來到我面前。

「開完會了？」我一怔，「你們系上——」

「大家都建議開除我哈哈。」

「還笑！」

「妳介意妳男朋友失業一陣子嗎？」

「不介意。不過被開除的話，以後就不能再去別間學校任教了嗎？」

「總之我現在有『不管我人在何方事隔幾年，都會對女學生下手』的紀錄，」

何慕桓完全不在意地笑道，「有這麼精采的紀錄，不管我是不是被開除，其他大學都不敢用我的。」

我叫道：「怎麼可以？！去解釋啊，我們之前根本不知道對方在哪……就算是高中——高中、高中時代我跟你也沒做過什麼十八禁的事啊……」

我可以發誓，在我未成年前完全沒有什麼限制級的事發生呀！

何慕桓一副「我就是想看妳這表情」的臉，「真可愛。好了，嚇嚇妳的，系主任偷偷跟我說了解套方案。」

你這壞蛋不早說！「什麼解套方案？」

「不是很困難，但還是要妳犧牲小我配合一下才行。」

「好啊，沒問題。」是要上公聽會什麼的去證明這人在我未成年前沒有誘拐我對吧？「要怎麼做？要我去解釋還是作證嗎？」

何慕桓大笑，「妳想到哪裡去了……不必那麼麻煩，填幾份文件，換張身分證就好了。」

「這麼容易嗎？太奇怪了吧。」雖然不是很聰明，但至少還沒到這樣就相信的地步，「總不可能去系上寫個申請表還是請願書之類的吧？」

師生戀申請書嗎？

最好是有這種鬼東西！

「當然不是。」何慕桓的藍黑色眼眸流露出陌生的閃耀光輝，握住我的手，非常用力，嘴角微揚，「是去戶政事務所。」

「愈聽愈不懂。」

「總之，本校沒有規定教職員的家屬不能來就讀。」

「家屬嗎？」所以現在是……

何慕桓傾過上半身，輕吻了一下我的額頭，說道：

「沒有理由電機系講師的太太，不能去中文系當學生啊，對吧？」

The End

後記

一直在想，這次後記說不定會寫很長。

上一部《王子不戀愛》是非常甜蜜的小品，完稿後有些在意，好像應該多少折磨一下男女主角才對（邪惡壞心）。後來翻著一些靈感筆記，找到了《從情書開始》，它在筆記上只是三個關鍵字：沒有血緣的姊妹、高中校園、家教。打開Word試寫之後沒想到很順利就成形了。

大約寫到一萬多字時，忽然有天聽到了一首相當好聽的歌，是張國榮的〈有心人〉，上網找了歌詞之後，完完全全被打動了。說實話現在應該沒什麼人知道張國榮是誰；即使知道也未必真的看過他表演。特別是當本Xi把松兒的年齡設定在一九九九年左右出生，在她四歲時，張國榮就已身亡。

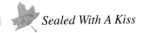

維基百科上是這麼記錄他的：

大中華地區歌壇和影壇巨星，香港著名歌手、演員，以及唱片及電影製作人。在大中華地區擁有廣泛的影響力，演藝圈多棲發展最成功的代表之一，是一九八〇年代至二〇〇〇年代香港樂壇及影壇的天王巨星之一。一九八〇年代起於韓國取得高知名度，為第一位享譽韓國樂壇的華人歌手；一九八七年專輯《愛慕》在韓國空前大賣二十萬張。一九九五年專輯《寵愛》香港本地銷量三十三萬張（六白金），韓國銷量超過五十萬張，至今仍保持華語唱片在韓國的銷量紀錄。（以上摘自維基百科張國榮條目）

總之，那天無意間聽到了〈有心人〉這首歌之後，到了YouTube上把張國榮所有演唱會、電影、MV找出來，花了幾天看完後，這故事也就完全成形了——本Xi決定用張國榮的歌曲作為整個故事的背景；也以張國榮作為何慕桓與松兒的共同橋樑。如果你／妳喜歡這個故事，希望你／妳能花一點點時間上網聽聽張國榮的歌曲，如果能在閱讀這個故事時，同時聽著〈有心人〉那是再好不過了。

回到故事本身——

交稿時就想過，應該會有很多讀者（如果有出版的話）會想問：為什麼松兒要離開？她大可以拖著時間，等著自己成年或等何慕桓離開學校，等到師生關係消滅。這是一個選擇，很單純在愛情上的選擇。然而人生並非只有愛情，而松兒在設定上也不是那種極端類型的女孩，就像在小說裡何慕桓所說的，故事裡的松兒小小年紀就體會到〈當愛已成往事〉裡那份無奈，也註定了她不會只為了愛情考量。今天若是換作可薇，可薇必然會捨棄一切，願意隨著何慕桓到天涯海角，也許這是很多讀者想看到的完美浪漫愛情。然而，在動筆之初，早已決定這本來就不會是個超現實的甜膩浪漫故事。

最後一定要提的是曾靖南，他是本Ｘｉ很喜歡的角色，爽朗又體貼的男孩，因為家庭關係背負著自己的傷，自己的苦。即使如此，他仍有愛人的力量。如果在現實生活中能遇到像他一樣的朋友，應該會很幸福吧。

也許這不是個非常圓滿的故事，但請相信本Ｘｉ已經盡可能下手輕一點了（大誤），畢竟，最後松兒和何慕桓，還是重逢了，不是嗎？

謝謝你／妳讀完這個故事，希望下次再見。

袁晞

All about Love / 25

從情書開始

國家圖書館出版品預行編目資料
從情書開始／袁晞 著.
—初版.—臺北市：春天出版國際, 2015.12
面；公分.—（All about Love ；25）
ISBN 978-986-5607-05-0（平裝）
857.7　　　　104025948

ISBN 978-986-5607-05-0
Printed in Taiwan

作　者　袁晞
總編輯　莊宜勳
企劃主編　鍾靈
責任編輯　黃郁潔
封面設計　三石設計

出版者　春天出版國際文化有限公司
地　址　台北市信義區信義路四段458號3樓
電　話　02-7718-0898
傳　真　02-7718-2388
E－mail　frank.spring@msa.hinet.net
網　址　http://www.bookspring.com.tw
部落格　http://blog.pixnet.net/bookspring
郵政帳號　19705538
戶　名　春天出版國際文化有限公司
法律顧問　蕭顯忠律師事務所
出版日期　二〇一五年十二月初版
　　　　　二〇一九年四月初版十七刷
定　價　180元

總經銷　楨德圖書事業有限公司
地　址　新北市新店區寶興路45巷6弄6號5樓
電　話　02-8919-3186
傳　真　02-8914-5524